COSACNAIFY

O
QUE A

tradução **SAMUEL TITAN JR.**

VENTO
RRASA

Selva Almada

Traz o vento a sede de todos estes anos.
Traz o vento a fome de todos os invernos.
Traz o vento o clamor dos vales, do campo, do deserto.
Traz o vento o grito das mulheres e dos homens fartos
das sobras dos patrões.
Vem o vento com a força dos novos tempos.
Ruge o vento e levanta redemoinhos pela terra.
Nós somos o vento e o fogo que arrasará o mundo com
o amor de Cristo.

1

O mecânico tossiu e cuspiu um pouco de catarro.

– Meus pulmões estão podres – disse, passando a mão na boca e voltando a se inclinar sob o capô aberto.

O dono do carro enxugou a testa com um lenço e baixou a cabeça junto com o homem. Ajustou os óculos de armação fina e observou o emaranhado de ferragem quente. Depois olhou para o outro sujeito, com ar de interrogação.

– Vai ter que esperar até que a ferragem esfrie um pouco.

– Dá para consertar?

– Acho que sim.

– E quanto tempo vai demorar?

O mecânico se levantou, era dois ou três palmos mais alto que o outro, e ergueu a vista. Faltava pouco para o meio-dia.

– Mais para o finzinho da tarde, acho.

– Vamos ter de esperar aqui.

– Como quiser. Conforto não tem, o senhor já viu.

– Preferimos esperar. Se Deus nos ajudar, quem sabe o senhor termine antes do que pensa.

O mecânico deu de ombros e tirou um maço de cigarros do bolso da camisa. Ofereceu um.

– Não, não, Deus seja louvado. Larguei faz anos. O senhor me desculpe, mas devia fazer a mesma coisa...

– A máquina de refrigerante não está funcionando. Mas acho que sobraram umas latas na geladeira, se quiserem tomar alguma coisa.

– Obrigado.

– Diga à mocinha que é para descer. Vai assar dentro do carro.

– Como é mesmo o seu nome?

– Brauer. Gringo Brauer. E aquele ali é o Tapioca, meu ajudante.

– Sou o Reverendo Pearson.

Cumprimentaram-se.

– Vou continuar com as outras coisas enquanto não posso mexer no seu carro.

– Vá, por favor. Não se preocupe conosco. Deus o abençoe.

O Reverendo foi até a parte de trás do carro, onde a filha, Leni, estava sentada, com cara de emburrada, no espaço mínimo que restava entre as caixas repletas de bíblias e revistas, amontoadas sobre o assento e o piso. Bateu na janela. Leni olhou para ele através do vidro coberto de poeira. O Reverendo puxou a maçaneta, mas a filha tinha travado a porta. Fez sinal para que abrisse a janela. Ela abriu uns poucos centímetros.

– Vai demorar um pouco até consertar. Desça, Leni. Vamos tomar alguma coisa para refrescar.

– Estou bem aqui.

– Está muito quente, minha filha. Sua pressão vai cair.

Leni voltou a fechar a janela.

O Reverendo abriu a porta da frente, do lado do passageiro, meteu a mão para levantar a trava da porta de trás e a abriu.

– Desça, Elena.

Manteve a porta aberta até que Leni desceu. Assim que ela saiu do carro, o Reverendo bateu a porta com força.

A garota ajeitou a saia, colada de suor, e olhou para o mecânico, que a cumprimentou com a cabeça. Um rapaz que devia ter a mesma idade, uns dezesseis anos, olhava para ela com olhos arregalados.

O homem mais velho, que o pai apresentou como o senhor Brauer, era um sujeito muito alto, tinha um bigode arruivado em forma de ferradura que descia quase até o queixo e vestia um brim sujo de graxa e uma camisa aberta no peito, metida dentro das calças. Apesar de ser um homem de seus cinquenta anos, conservava um ar juvenil, certamente por causa do bigode e do cabelo comprido, que chegava ao colarinho da camisa. O rapaz também usava calças velhas, remendadas nas pernas, mas limpas; uma camiseta desbotada; e alpargatas. Tinha os cabelos pretíssimos e lisos, cortados cuidadosamente; a cara era imberbe. Os dois eram magros, mas com o corpo fibroso de quem está acostumado à força bruta.

A uns cinquenta metros erguia-se a construção precária que fazia as vezes de posto de gasolina, oficina e casa. Atrás da velha bomba de combustível, havia um cômodo de tijolos, sem reboco, com uma porta e uma janela. Mais adiante, formando uma quina, uma espécie de caramanchão feito com galhos e folhas de totora fazia sombra para uma mesinha, uma pilha de cadeiras de plástico e uma máquina de refrigerante. Um cachorro dormia embaixo da mesa, largado na terra fofa, e, quando ouviu gente chegando, abriu um olho amarelo e chicoteou o chão com o rabo, sem se mover.

– Sirva alguma coisa de beber – disse Brauer ao rapaz, que tirou umas cadeiras da pilha e passou um pano para que os dois pudessem se sentar.

– Quer tomar o que, filha?

– Uma coca-cola.

– Para mim basta um copo d'água. O maior que você tiver aí, meu filho – pediu o Reverendo, enquanto se sentava.

O rapaz atravessou a cortina de tirinhas de plástico e sumiu no interior da casa.

– O carro vai estar pronto no finzinho da tarde, se Deus quiser – disse o Reverendo, enxugando a testa com o lenço.

– E se Deus não quiser? – respondeu Leni, ajustando os fones de ouvido do *walkman* que sempre levava pendurado na cintura. Apertou *play* e sua cabeça se encheu de música.

Perto da casa, quase chegando no acostamento, erguia-se uma montanha de ferro-velho: carrocerias de carros, pedaços de máquinas agrícolas, aros, pneus empilhados, um verdadeiro cemitério de chassis, eixos e metais retorcidos, detidos para sempre sob o sol abrasador.

2

Depois de várias semanas percorrendo a província de Entre Ríos – foram descendo do norte pela margem do rio Uruguai até Concordia e ali pegaram a rodovia 18, cortando a província pelo meio até Paraná –, o Reverendo decidiu seguir viagem até Chaco.

Ficaram uns dias em Paraná, sua cidade natal. Muito embora não tivesse mais parentes nem conhecidos, pois partira muito jovem, gostava de passar por ali de tanto em tanto.

Pararam num hotelzinho qualquer, perto do antigo terminal de ônibus, um lugar pequeno e deprimente, com vista para a zona. Leni distraía-se olhando pela janela o vaivém cansado de prostitutas e travestis, vestidos com roupa suficiente para quase não ter que se despir quando aparecia um cliente. O Reverendo, sempre metido em seus livros e papéis, não fazia nem ideia de onde estavam.

Não teve coragem de ir ver a casa dos avós, onde havia nascido e se criado ao lado da mãe, os dois apenas – o pai, um aventureiro norte-americano, sumira-se antes do nascimento do filho, levando as poucas economias dos sogros –, mas levou Leni para visitar um velho parque à beira do rio.

Passearam entre as árvores velhas e viram as marcas d'água nos troncos, muito altas no caso das que ficavam mais próximas da margem; algumas ainda guardavam, entre os galhos mais altos, os restos da ressaca de alguma inundação. Almoçaram sobre uma mesa de pedra e o Reverendo disse que, quando criança, viera muitas vezes até ali com a mãe.

– Isto aqui era muito diferente – contou ele, dando uma mordida no sanduíche. – Nos fins de semana, ficava cheio de gente. Agora está largado de mão.

Continuou comendo e olhou com nostalgia para os bancos quebrados, a grama crescida e o lixo deixado pelos passeantes do fim de semana anterior.

Quando terminaram de comer, o Reverendo quis se embrenhar um pouco mais no parque, disse que antes havia duas piscinas de natação e queria ver se ainda estavam lá. Encontraram-nas pouco depois. Pedaços de ferro assomavam nas bordas de cimento rachado; os azulejos que recobriam as paredes interiores estavam sujos de barro; vários deles faltavam, aqui e acolá, como se as piscinas, de velhas, tivessem perdido boa parte dos dentes. O fundo era um pequeno pântano, um grande criadouro de mosquitos e sapos que se escondiam entre as plantas que cresciam em meio ao limo.

O Reverendo suspirou. Iam longe os dias em que ele e outras crianças da mesma idade pulavam do trampolim e tocavam com os pés o fundo azulejado, pegando impulso para romper com a cabeça a superfície clara da água.

Meteu as mãos nos bolsos das calças e começou a caminhar lentamente pela beira de uma das piscinas, a cabeça inclinada, os ombros caídos. Leni mirou as costas encurvadas do pai e sentiu um pouco de pena. Supôs que estivesse recordando dias mais felizes, os dias da infância, as tardes de verão passadas naquele lugar.

Mas logo depois deixou de sentir dó. Pelo menos ele podia voltar a lugares cheios de lembranças. Podia reconhecer uma árvore e reconstruir o dia em que ele e os amigos tinham subido até a copa. Podia lembrar-se da mãe desdobrando uma toalha quadriculada sobre alguma daquelas mesas agora destruídas. Ao passo que ela, por sua vez, não tinha nenhum paraíso perdido para onde pudesse voltar. Fazia muito pouco tempo que deixara a infância, mas sua memória estava vazia. Graças ao pai, ao Reverendo Pearson e à sua santa missão, suas lembranças de infância resumiam-se ao interior do mesmo carro, aos quartos miseráveis de centenas de hotéis todos iguais, ao rosto de dezenas de crianças com quem ela não chegava a conviver por tempo suficiente para já sentir saudade na hora de ir embora, a uma mãe de cujo rosto quase não lembrava mais.

O Reverendo terminou de dar uma volta completa à piscina e chegou até onde a filha continuava parada, em pé, dura como a mulher de Ló, implacável como as sete pragas.

Leni notou que o pai tinha os olhos marejados e rapidamente deu as costas a ele.

– Vamos logo. Este lugar fede, pai.

3

Tapioca voltou com as bebidas: a garrafinha de coca-cola para Leni e o copo d'água para o Reverendo. Entregou-as e ficou parado, como um garçom exageradamente solícito.

Pearson tomou o copo d'água de um gole só. Embora a água estivesse morna e tivesse uma cor duvidosa, o Reverendo sorveu-a como se fosse do mais puro manancial. Se Deus a pôs na terra, tem que ser boa, dizia sempre.

Devolveu o copo vazio ao ajudante, que o segurou com as duas mãos, sem saber o que fazer com ele. Balançava-se de leve, apoiando-se ora num pé, ora no outro.

– Você vai à igreja, rapaz? – perguntou o Reverendo.

Tapioca disse que não e abaixou a cabeça, envergonhado.

– Mas é cristão, não é?

O rapaz parou de se balançar e fincou o olhar na ponta das alpargatas.

Os olhos do Reverendo reluziram. Levantou-se e foi se postar à frente de Tapioca. Inclinou-se um pouco, tentando ver o rosto dele.

– Foi batizado?

Tapioca levantou a vista e o Reverendo se viu refletido naqueles olhos graúdos e escuros, úmidos como os de um cervo. As pupilas do rapaz se contraíram num ímpeto de curiosidade.

– Tapioca – chamou Brauer. – Venha cá. Preciso de você aqui.

O rapaz devolveu o copo ao Reverendo e foi correndo ter com o patrão. Pearson ergueu o copo sebento e sorriu. Era essa a sua missão na terra: esfregar a sujidade dos espíritos, torná-los prístinos e preenchê-los com a palavra de Deus.

– Deixe o menino em paz – disse Leni, que seguira a cena com atenção, enquanto bebia a coca-cola em golinhos.

– Deus nos põe exatamente onde temos que estar, Elena.

– Temos que estar na casa do pastor Zack, pai.

– Sim, depois.

– Depois do quê?

O pai não respondeu. Ela também não insistiu, não tinha a menor vontade de brigar com ele ou de saber de seus planos misteriosos.

Viu que Brauer dava ordens a Tapioca e que o rapaz subia numa camionete velha. Enquanto ele manejava o volante, o Gringo pelejava para empurrar o veículo por uns duzentos metros, até a sombra de uma árvore.

Quando chegou aonde queria, o Gringo desabou no chão de terra, ficou de braços abertos e boca escancarada, deixando o ar quente entrar nos pulmões. No peito, o coração parecia um gato metido num saco. Olhou para os pedacinhos de céu que vazavam pela copa rala da árvore.

Brauer já fora um homem muito forte. Aos vinte, passava uma corrente por cima dos ombros nus e puxava um trator, sem esforço, só para se divertir com os outros rapazes da mesma idade.

Agora tem três décadas a mais nas costas e é apenas uma sombra do jovem Hércules que se deleitava exibindo a força imensa.

Tapioca inclinou-se por cima dele.

– Ei, chefe, está tudo bem?

Brauer levantou um braço para dizer que sim, mas ainda não conseguia falar; só pôde juntar força suficiente para sorrir e erguer o polegar.

Tapioca riu-se, aliviado, e foi correndo até a bomba de gasolina para buscar um pouco d'água.

Pelo rabo do olho, o Gringo viu as alpargatas do ajudante levantando poeira, as pernas tortas do rapaz que corria desajeitado, como se fosse um menino e não quase um homem feito.

Voltou a olhar para o céu retalhado pela árvore. Estava com a camisa empapada e sentia o suor que lhe enchia o umbigo até transbordar e escorrer pelos lados da pança. Aos poucos, a respiração se compassou; o coração deixou de sacudir dentro do tórax, voltou a encontrar seu lugar entre os ossos. Então veio o repente da tosse, sem aviso, enchendo-lhe a boca de catarro. O Gringo cuspiu tudo, o mais longe que pôde. Procurou um cigarro e o acendeu.

4

Depois do passeio pelo parque que visitava quando era criança, o Reverendo se meteu num locutório público e ligou para o Reverendo Zack. Reconfortou-se ao ouvir a voz do outro. Era um bom amigo e já levavam três anos sem se ver.

– Meu caro amigo, louvado seja Jesus – trovejou Zack do outro lado da linha.

Zack era um homem alegre e cheio de vida, era sempre bom tê-lo por perto.

– O bom Jesus sorri quando escuta a sua risada – dizia sempre o Reverendo, e o outro soltava uma das suas gargalhadas cossacas, a única coisa que conservava de seus tempos de bebedeira, pois o bom Zack já soubera beber como o bom cossaco que era. Tudo aquilo ficara para trás, com a ajuda de Cristo. Às vezes olhava para as mãos, grandes e quadradas, fortes como duas escavadeiras. Aquelas mãos que agora levantavam as vigas de um templo já haviam espancado mulheres. Quando lembrava dessas coisas, Zack desatava a chorar feito uma criança, os braços pendentes, mal se atrevendo a levar as velhas mãos ao rosto, temeroso de que maculassem seu remorso.

– Se pudesse, eu cortava fora – dissera uma vez ao Reverendo –, mas seriam veneno até para um cachorro.

O Reverendo tomara aquelas mãos entre as suas e as beijara.

– Estas mãos são dignas de lavar os pés de Cristo – respondera.

Conversaram um pouco por telefone, contando as últimas notícias. O Reverendo Zack era pai de novo, ele e Ofelia acabavam de ter o quarto filho, um menino chamado Jonás. Mas a notícia que o fazia transbordar de alegria era a do templo recém-terminado. Mais um marco de Cristo, erigido nas entranhas da serra, na zona do rio Bermejito, numa comunidade nativa.

Zack tagarelava sem parar. O Reverendo, sentado no banquinho da cabine, assentia e sorria como se o interlocutor pudesse vê-lo. A certa altura, o pastor Zack soltou uma exclamação e bateu com a mão na mesa, o som chegou tão nítido que parecia que o outro estava bem ali ao lado.

– Mas é claro – disse –, você tem que vir. Será uma honra. Meu templo, nosso templo não estará acabado de verdade enquanto você não subir ao púlpito. Ah, um sermão seu vai deixar mudas até as aves da montanha. Eu garanto que essas criaturinhas de Deus não fecham o bico nem quando dormem. Não vou aceitar nenhuma negativa. Ah, meu caro Reverendo, estou com o coração que nem cabe mais no peito. Você vem, não vem? Ofelia, Ofelia! – chamou Zack.

– Vou, claro que vou, só tenho que acertar umas coisas – balbuciou o Reverendo.

– Louvado seja Jesus, que beleza de notícia. Ofelia, o Pearson vem nos visitar, não é uma maravilha? – Zack soltou uma risada. – A Ofelia está dançando de tão feliz, se você visse... Está ensinando os meninos da comunidade a cantar, logo mais você vai escutar, nem imagina que coro mais suave. A Leni poderia cantar com eles. Você vem com ela, não vem? Ofelia, a Leni vem também, bendita seja. A Ofelia adora a Leni. Ela está por aí? Adoraria dar um alô para ela.

– Não, não, a Leni não está aqui comigo, mas logo mais conto tudo para ela. Ela também vai ficar feliz de ver vocês.

Falaram mais um pouco e o Reverendo prometeu chegar em alguns dias.

O Reverendo Pearson é um grande orador. Seus sermões são sempre memoráveis e ele goza de grande reputação em sua igreja.

Quando o Reverendo sobe ao púlpito – sempre inesperadamente, como se, nos bastidores, tivesse acabado de lutar corpo a corpo com o Demônio para chegar até ali –, todo mundo emudece.

O Reverendo baixa a cabeça, ergue ligeiramente os braços, primeiro com a palma das mãos abertas para a frente, depois voltadas para cima. Fica assim por um instante, exibindo aos fiéis o cocoruto calvo, porejando de suor. Quando levanta a cabeça, dá dois passos adiante e olha para a plateia. Olha de tal maneira que mesmo quem estiver na última fileira sente, sabe que o Reverendo está olhando para ele. (É Cristo olhando para ti!) Começa a falar. (É a língua de Cristo que se move na boca do pastor!) Os braços iniciam uma coreografia de ademanes, no começo só se mexem as mãos, lentas, como se estivessem acariciando as faces aflitas. (São os dedos de Cristo tocando meu rosto!) Aos poucos vem se somar um movimento de braços e antebraços. O torso continua imóvel, mas já se pode adivinhar algum movimento na altura do ventre. (É a chama de Cristo que crepita nas entranhas do pastor!) Caminha para o lado: um, dois, três passos, os dedos indicadores em riste, aponta para todos e para ninguém. Volta ao centro: quatro, cinco, seis. Sete, oito, nove, desliza para o outro lado. Os dedos indicadores apontam para todos e para ninguém. (É o dedo de Cristo que aponta para ti!) Volta ao centro e começa a caminhar pelo corredor central. Agora as pernas se incorporam à dança. Todo seu corpo está em movimento, até os dedos dentro dos sapatos. Arranca o paletó e a gravata. Tudo isso sem deixar de falar por um segundo que seja. Porque a partir do momento em que o Reverendo levanta a cabeça e olha para a plateia, a língua de Cristo não deixará de se mover dentro de sua boca. Caminha pelo corredor, avança e retrocede, chega até a porta de saída e volta sobre seus próprios passos, está de olhos fechados e braços abertos, as mãos se movem como radares, procurando o mais miserável de todos. O Reverendo não precisa ver. Cristo há de lhe ditar, no momento oportuno, quem é o primeiro a ser levado ao estrado.

Num relance agarra a munheca de uma mulher que chora e treme feito uma folha. Ela sente que seus membros não lhe respondem, mas o Reverendo arrasta e leva a mulher aos trancos, como o vento faz às folhas. Só se detém quando estão à frente de todos. A mulher tem sessenta anos e o ventre inchado como se estivesse prenha. O Reverendo ajoelha-se diante dela. Encosta o rosto na barriga dela. Pela primeira vez, para de falar. Sua boca se abre. A mulher sente a boca aberta, os dentes do Reverendo mordendo o pano do vestido. O Reverendo se contorce. Os ossos da coluna vertebral se remexem como uma serpente por baixo da camisa. A mulher não consegue parar de chorar. O muco e a baba vêm se somar às lágrimas. Ela abre os braços, suas carnes são moles e frouxas. A mulher grita e todos gritam com ela. O Reverendo fica em pé e se vira para o público. Tem a cara rubra e suada, com alguma coisa presa entre os dentes. Cospe um trapo negro e viscoso, que fede feito o Demônio.

5

– Agradeçamos ao Senhor – disse o Reverendo.

Tapioca e o Gringo detiveram os garfos carregados de comida a meio caminho entre o prato e a boca.

– Se me permitem – disse o Reverendo.

O Gringo olhou para ele e enterrou o talher no arroz.

– Vá em frente.

O Reverendo cruzou as mãos e as apoiou na borda da mesa. Leni fez a mesma coisa e baixou a vista. Tapioca olhou para o Gringo, olhou para os convidados e também cruzou as mãos. Brauer deixou as suas ao lado do prato.

– Senhor, abençoe estes alimentos e esta mesa. Bendito seja o bom Jesus por ter posto estes amigos em nosso caminho. Louvado seja.

O Reverendo sorriu.

– Agora sim – disse.

Os quatro avançaram sobre a comida: arroz abundante e uns pedaços de carne fria que tinham sobrado do jantar. Todos estavam com fome, de modo que, por um momento, só se ouviu o som dos talheres contra os pratos de louça. Tapioca e Brauer comiam com pressa, como se corressem para ver quem terminava primeiro. O Reverendo e Leni eram mais pausados. Ele ensinara a Leni que era preciso mastigar muito bem os alimentos antes de engolir: a boa mastigação favorece a boa digestão.

– Faz muito tempo que moram aqui? – perguntou Pearson.

– Bastante – disse o Gringo, engolindo e limpando a boca com o dorso da mão, antes de tomar um gole de vinho com gelo. – Este lugar aqui era do meu pai. Passei muitos anos andando de cá para lá, trabalhando nas processadoras de algodão, na colheita, no que aparecesse. Pulando de um lado para o outro. Deve fazer uns dez anos que me instalei aqui de vez.

– É um lugar solitário.

– Gosto de ficar sozinho. Além do mais, agora eu tenho o Tapioca, não é, garoto?

– Faz tempo que você trabalha com o senhor Brauer?

Tapioca encolheu os ombros e passou um pedaço de pão no fundo do prato, deixando-o reluzente.

– O meu companheiro aqui é meio arisco – disse o Gringo. – Até ganhar confiança, não é, garoto?

O mecânico terminou de comer, cruzou os talheres e se inclinou para trás na cadeira, com as mãos em cima do abdômen inchado.

– E vocês, o que fazem da vida? O senhor me disse que vão para os lados de Castelli.

– Vamos, sim, vamos ver o pastor Zack. Conhece?

– Zack. Acho que não – o Gringo acendeu um cigarro. – Conheci um Zack quando era moleque, trabalhando em Pampa del Infierno. Mas esse não tinha nenhuma pinta de homem de Deus. Era bravo, o russo. Briguento. Esse gostava de uma confusão. Tem muito evangélico por aqui.

– Sim, há muitas igrejas protestantes nesta zona. A nossa, graças a Deus, cresceu muito nos últimos anos. O pastor Zack fez um trabalho maravilhoso nesse sentido.

Ficaram em silêncio. Brauer terminou o vinho e agitou o copo, fazendo soar os últimos pedacinhos de gelo.

– O senhor pode não acreditar, mas esse amigo seu, esse que o senhor citou agorinha, ele também pode entrar no Reino dos Céus. Todos nós podemos – disse o Reverendo.

– E como é? – perguntou Tapioca, com um olhar esquivo.

– O Reino dos Céus?

– Venha, que eu lhe mostrarei a esposa do Cordeiro – Leni adiantou-se a seu pai. Não dissera uma única palavra desde que saíra do carro, de modo que todos a olharam. – Ela me levou em espírito a uma montanha de enorme altura e me mostrou a cidade santa, Jerusalém, que descia do céu e vinha de Deus. A glória de Deus estava nela, e ela resplandecia como a mais preciosa das pérolas, como uma pedra de jaspe cristalino. Estava rodeada por uma muralha muito alta. A muralha era toda de jaspe e a cidade, de ouro puro. As fundações da cidade eram enfeitadas com todo tipo de pedra preciosa. A praça era de ouro puro, transparente como cristal. Depois o anjo me mostrou um rio de água da vida que brotava do trono de Deus e do Cordeiro, no meio da praça. Dos dois lados do rio, havia árvores da vida que frutificavam doze vezes ao ano, e suas folhas serviam para curar os povos. – Sorriu. – É assim, não é, pai?

– É assim mesmo, de verdade? – perguntou Tapioca, maravilhado com o relato.

– Claro que não. É tudo metafórico – disse Leni, zombeteira.

– Elena – advertiu o Reverendo. – O Reino dos Céus é o lugar mais bonito que você possa imaginar, meu rapaz. Estar na graça de Deus. Não há tesouro do mundo que se compare. O senhor tem fé, senhor Brauer?

O Gringo serviu um pouco mais de vinho e acendeu um novo cigarro.

– Não tenho tempo para essas coisas.

O Reverendo sorriu e olhou fixo nos olhos do Gringo.

– Sei. E eu não tenho tempo para outra coisa.

– Cada um sabe o que faz – disse o Gringo, levantando-se.

– Tire a mesa, garoto – ordenou a Tapioca, que ficara pensativo, fazendo bolinhas com o miolo do pão e enfileirando-as à sua frente.

Foi a mãe que trouxe o menino, uma tarde. Na época, devia ter uns oito anos. Vieram num caminhão que lhes deu carona em Sáenz Peña. O caminhoneiro, que ia para Rosario, encheu o tanque, checou os pneus e pediu uma cerveja. Enquanto o motorista bebia à sombra do caramanchão e o menino brincava com os cachorros, a mulher se aproximou de Brauer, que limpava as velas de um carro que tinha de consertar. Quando a viu se aproximar, pensou que ela estivesse procurando o banheiro; mal tinha dado por ela.

Mas ela não estava atrás do banheiro, queria falar com ele, e foi isso o que lhe disse.

– Quero falar com você.

Brauer olhou para ela sem deixar de fazer o que estava fazendo. Ela tardou a começar e ele pensou que fosse uma prostituta. Era bem comum que os caminhoneiros das rotas mais longas levassem mulheres assim, de um lado para o outro, e esperassem enquanto elas faziam um bico aqui e ali. Talvez dividissem o dinheiro depois.

Vendo que ela não começava, o Gringo disse:

– Diga.

– Não se lembra de mim.

Brauer olhou com mais atenção. Não, não se lembrava dela.

– Não tem problema – ela disse –, a gente se conheceu há muito tempo, e por pouco tempo. O caso é que aquele ali é filho seu.

O Gringo largou as velas numa bacia e limpou as mãos com um trapo qualquer. Olhou para onde ela apontara.

O menino segurava um galho. Uma ponta estava na boca de um dos cachorros, e ele puxava pela outra; os outros cachorros pulavam em volta do menino, esperando a vez de brincar também.

– Não mordem, mordem? – perguntou ela, preocupada.

– Não, não mordem – respondeu Brauer.

– O caso é que eu não posso criar mais. Vou para Rosario, procurar trabalho; com o garoto fica mais difícil. Ainda não sei onde vou me arrumar. E não tenho com quem deixar.

O Gringo terminou de limpar as mãos e enfiou o trapo por baixo do cinto. Acendeu um cigarro e ofereceu outro à mulher.

– Eu era a irmã do Perico. Vocês trabalharam juntos na processadora do Dobronich, em Machagai, não sei se você se lembra.

– Perico. Que é feito dele?

– Faz anos que ninguém sabe de nada. Foi para Santiago, trabalhar por lá, e nunca mais voltou.

O menino tinha se jogado no chão, e os cachorros metiam os focinhos entre suas costelas, atrás do galho que ele escondia embaixo do corpo. Ria feito um doido.

– É um bom garotinho – disse a mulher.

– Quantos anos?

– Vai fazer nove. É obediente e limpinho. Foi bem criado.

– Trouxe roupa?

– Tem uma mochilinha no caminhão.

– Tá bem. Deixe aí – disse e, com um peteleco, jogou fora a guimba.

A mulher assentiu.

– O nome é José Emilio, mas a gente chama de Tapioca.

Quando o caminhão se pôs em marcha e começou a sair lentamente para a estrada, Tapioca começou a chorar. Parado onde estava, abriu a boca, soltou um berro e as lágrimas escorreram, abrindo sulcos pela cara suja de terra. Brauer se agachou, para ficar da mesma altura.

– Vamos, garoto, vamos tomar uma coca e dar de comer aos cachorros.

Tapioca fez que sim com a cabeça, sem perder de vista o caminhão que já ganhara a estrada, com sua mãe dentro, tomando distância para sempre.

O Gringo Brauer pegou a mochilinha e começou a caminhar rumo à bomba de gasolina. Os cachorros, que tinham debandado pelo acostamento para perseguir o caminhão, começaram a voltar, com a língua de fora. O menino deu uma fungada, fez meia-volta e correu atrás do Gringo.

Tapioca começou a tirar a mesa e Leni se levantou para ajudá-lo.

– Deixa comigo – disse ela, puxando os talheres que Tapioca segurava. Empilhou rapidamente os pratos e os copos. – Me diz onde posso lavar.

– É por aqui.

Leni seguiu-o até a parte de trás da casinha, até um tanque de cimento com uma torneira. À medida que lavava, ia passando as coisas para Tapioca. A louça molhada foi formando uma pilha em seus braços.

– Tem pano de cozinha?

– Aí dentro.

Entraram no cômodo único. Estava escuro, e Leni levou alguns minutos para acostumar a vista à penumbra. Pouco a pouco, os vultos foram tomando forma: um fogão, um botijão, uma geladeira, uma mesinha, umas estantes chumbadas na parede, dois catres e um armário. O piso era de cimento cru e estava limpo.

Tapioca deixou as coisas em cima da mesa e pegou um trapo. Leni puxou-o e começou a enxugar.

– Você guarda, você sabe onde ficam as coisas – disse.

Terminaram o trabalho em silêncio. Fazia muito calor ali dentro. Quando enxugou o último garfo, Leni sacudiu o trapo e o estendeu à beira da mesa.

– Pronto – disse, sorrindo satisfeita.

Tapioca passou as mãos nas calças, meio sem jeito.

Leni quase nunca realizava tarefas domésticas porque ela e o pai não tinham casa. A roupa era mandada para a lavanderia, nas cantinas eram outros a tirar a mesa e lavar os pratos, nos hotéis outros mais faziam as camas. Esses afazeres, que talvez tivessem aborrecido outra garota, guardavam certo encanto para Leni. Era como brincar de dona de casa.

– E agora? – perguntou.

Tapioca encolheu os ombros.

– Vamos para fora.

Saíram, e mais uma vez Leni teve que acostumar a vista à luz raivosa do sol nas primeiras horas da tarde.

O Reverendo dormitava na cadeira, de modo que Leni levou o dedo indicador aos lábios para dizer ao rapaz que não o acordasse. Saiu do caramanchão e o chamou com um sinal. Ele a seguiu.

– Vamos ali, embaixo daquela árvore – disse ela.

Tapioca foi atrás dela. Nunca estivera em companhia feminina – só quando era criança, quando vivia com a mãe. Outro rapaz teria refugado, teria pensado que a garota estava querendo levá-lo no bico.

Sentaram-se embaixo da árvore mais frondosa que encontraram. Mesmo assim, o vento quente envolvia tudo numa modorra infernal.

– Você gosta de música?

Tapioca encolheu os ombros outra vez. Desgostar, não desgostava. Mas gostar, aí já não sabia dizer. O rádio estava sempre ligado e às vezes o Gringo aumentava o volume até o máximo quando tocavam um *chamamé* de dançar, um desses bem alegres. O Gringo sempre soltava um *sapucay!* e até dava uns passinhos de dança. Tapioca achava graça. Mas agora, pensando bem, gostava mais dos outros, dos mais tristões, que falavam de visagens e de amores trágicos. Música assim é que era bonita, fazia até o coração se encolher. Não era para dançar, era para ficar quieto, olhando para a estrada.

– Ponha isso aqui na orelha – disse Leni e meteu-lhe o pequeno fone no ouvido. Fez a mesma coisa com o outro. Tapioca olhou para ela. A garota sorriu e apertou um botão. De primeira, ele teve um sobressalto: nunca tinha escutado música assim tão de perto, parecia até ressoar dentro dos miolos. Ela fechou os olhos e ele fez o mesmo. Logo se acostumou com a melodia, já não parecia vir de fora dele. Era como se a música brotasse direto das entranhas.

6

O carro tinha quebrado quando passavam por Gato Colorado. Leni tinha achado graça no nome e sobretudo nos dois gatos de cimento, pintados de um vermelho furioso, sentados sobre dois pilares na entrada da cidadezinha, bem na fronteira entre Santa Fe e Chaco.

Tinha começado a fazer uns barulhos feios muitos quilômetros antes, quando chegaram a Tostado, onde passaram a noite num hotelzinho.

Leni dissera que seria melhor dar uma olhada antes de partir de novo, mas o Reverendo não lhe dera ouvidos.

– Este carro não vai nos deixar a pé. O bom Senhor não permitirá.

Leni, que dirigia desde os dez anos e de vez em quando substituía o pai ao volante, sabia muito bem quando um barulho era só um barulhinho e quando era um sinal de alerta.

– É melhor a gente parar num mecânico antes de sair – insistira enquanto tomavam um café num bar, ainda de manhã cedo. – Vamos perguntar aqui por algum que seja bom e barato.

– Se a gente parar, vão passar o dia enrolando. Vamos ter fé. E quando foi que este carro deixou a gente na mão, diga lá?

Leni ficou calada. Não valia a pena discutir. Acabavam sempre fazendo o que ele queria, quer dizer, o que ele achava que Deus queria que fizessem.

Com duas horas de estrada, o carro soltou uma última bufada e parou. O Reverendo tentou dar a partida de novo, mas não houve jeito. Pelo para-brisa todo sujo de insetos, Leni olhou para a estrada que se perdia à frente e disse, sem desviar a vista, mas com voz clara e firme:

– Eu avisei, pai.

Pearson desceu do carro, tirou o paletó, deixou-o sobre o encosto do assento, fechou a porta, enrolou as mangas da camisa, foi até a frente e abriu o capô. Um jorro de fumaça fez o Reverendo tossir.

Agora Leni só podia ver a chapa de metal cromado e a fumaça ou vapor que saía pelas laterais. Depois viu o pai passar ao lado, ouviu-o abrir o porta-malas e mexer nas malas. Duas malas grandes e surradas, fechadas com correias de couro, em que levavam todos os pertences. Na dele: seis camisas, três ternos completos, um sobretudo, camisetas, meias, roupa de baixo, outro par de sapatos. Na dela: três camisas, três saias, dois vestidos, um casaco, roupa de baixo, outro par de sapatos. O Reverendo voltou a fechar o porta-malas, com força.

Leni desceu do carro. O sol já ardia e mal eram nove da manhã. Abriu os dois primeiros botões da camisa, deu a volta ao carro e encontrou o pai posicionando as balizas. Olhou as balizas e a estrada totalmente deserta. Desde Tostado até ali, não tinham cruzado com ninguém.

– Uma hora ou outra vai passar um bom samaritano – disse o Reverendo, pondo as mãos na cintura e sorrindo, repleto de fé.

Ela olhou para ele.

– O bom Jesus não há de nos abandonar numa hora dessas – disse ele, massageando os quadris, destroçados por tantos anos de volante.

Leni pensou que se, um belo dia, o bom Jesus resolvesse descer do Reino dos Céus para cuidar de percalços mecânicos, o primeiro a cair para trás seria o Reverendo. Pior, com certeza iria molhar as calças.

Deu uns passos pela estrada toda rachada e esburacada; os sapatos ressoaram contra o asfalto.

Aquele, sim, era um lugar abandonado pela mão dos homens. Passeou o olhar pela paisagem de árvores atarracadas, secas e retorcidas, pelo capim pontudo que cobria o campo. Aquele lugar fora abandonado pela mão de Deus desde o primeiro dia da Criação. Fosse como fosse, estava acostumada. Passara a vida inteira em lugares assim.

– Não se afaste – gritou o pai.

Leni levantou um braço, fazendo sinal que tinha escutado.

– E saia da estrada, só falta vir alguém e acontecer um acidente.

Leni riu sozinha. Só se fosse atropelada por uma lebre. Ligou o *walkman* e tratou de sintonizar alguma rádio. Nada. Só eletricidade vagando pelo ar. Ruído branco, uniforme.

Alguns instantes depois, voltou e se apoiou no porta-malas do carro, ao lado do pai.

– Entre no carro. O sol está bravo – disse o Reverendo.

– Estou bem.

Olhou para ele com o rabo do olho. Dava para ver que estava um pouco abatido.

– Logo, logo passa alguém, pai.

– Sim, claro. Vamos ter fé. Este caminho não é muito movimentado.

– Engano seu. Vi dois preás ali na frente. Estavam voando por cima do asfalto, para não queimar as patas – Leni riu e o Reverendo riu também.

– Ah, minha filha. Fui muito abençoado por Jesus – disse e deu-lhe um tapinha na bochecha.

Isso queria dizer que estava muito feliz de tê-la a seu lado, pensou Leni, mas ele nunca conseguia falar assim, diretamente: tinha sempre que meter Jesus no meio. Em outro momento, essa expressão de carinho pela metade teria irritado Leni, mas agora via o pai vulnerável e sentia um pouco de pena. Sabia que, mesmo que não o reconhecesse, estava envergonhado por não ter dado atenção ao que ela dissera. Parecia um menino que meteu os pés pelas mãos.

– Pai, como era aquele versinho do Diabo e da hora da sesta?

– Como? Versículo?

– Não. Versinho. Poeminha. Sabe aquele? Era engraçado.

– Elena, não gosto que você fale do Demônio assim, sem mais nem menos.

– Shhh. Espere, espere, está na ponta da língua. Vamos ver. Escute. “Arma o laço, / vai te pegar, / puxa o anzol, / vai te pescar, / prepara a arma, / vai te caçar, / é Satã, é Satã, é Satã.”

Leni soltou uma gargalhada.

– Era mais comprido, mas não lembro o resto.

– Elena, você leva tudo na brincadeira, mas o Demônio não é coisa para se dar risada.

– Mas é só uma canção.

– Não sei que canção é essa.

– Mas você cantava sempre, quando eu era pequenina.

– Basta, Elena. Você fica inventando coisas para me atazanar.

Leni fez que não com a cabeça. Não estava inventando nada. A canção existia. Claro que existia. Então, de repente, lembrou-se de uma cena dentro do carro, no estacionamento de um posto de gasolina. A mãe e ela, sentadas no banco de trás, recitavam a letra, batendo palmas, brincando como duas amiguinhas, aproveitando que ele estava no banheiro.

– Olhe. Ali. Louvado seja Deus – gritou o Reverendo e deu dois passos largos, até parar no meio da estrada, agitando os braços para o ponto metálico e luminoso que se movia, veloz, em meio ao vapor que subia do asfalto fervente.

A camionete freou de uma vez, ao lado do Reverendo. Vermelha, com para-choques cromados e vidros escuros.

O motorista baixou a janela do lado do passageiro e a esfera de som do toca-fitas saiu como um estouro, a onda expansiva da cúmbia obrigou o Reverendo a dar um passo para atrás. O homem se inclinou para fora e sorriu e disse alguma coisa que não conseguiram escutar. Voltou a desaparecer no interior fresco da cabine e apertou algum botão e a música parou de repente. O sujeito reapareceu. Usava óculos de lentes espelhadas e tinha a pele curtida, com barba de alguns dias.

– O que aconteceu aí, meu irmão?

O Reverendo apoiou as mãos na janela, aproximando-se para falar, ainda aturdido pela música.

– O carro quebrou.

O homem desceu pelo outro lado. Usava uma roupa de trabalho que contrastava com o veículo moderno e impecável. Aproximou-se do carro e deu uma olhada por baixo do capô, que continuava aberto.

– Se quiser, posso rebocar até o Gringo.

– Não somos daqui.

– O Gringo Brauer tem uma oficina a umas poucas léguas daqui. Ele conserta isso aí, com certeza. Poderia levar vocês até a cidade, mas hoje, sábado, com um calor desses, vai ser difícil encontrar quem dê uma mão. Foi todo mundo para Paso de la Patria ou Bermejito, atrás de algum refresco. Até eu: chegando em casa, pego a vara de pescar, junto uns camaradas e quero só ver me encontrarem até segunda.

O homem riu.

– Muito bem. Se nos fizer esse favor.

– Claro, meu irmão. Não vou deixar vocês aqui a pé, no meio do nada. Nem as almas se animam com este calor.

Subiu na camionete e a manobrou até a frente do carro. Desceu, tirou da caçamba um cabo de aço e amarrou o para-choque do carro à camionete.

– Vamos lá, meu irmão. Podem entrar, que o ar-condicionado está uma beleza.

O Reverendo sentou-se ao lado do homem e Leni se acomodou junto à porta. Tudo cheirava a couro e a desinfetante de pinho.

– Passeando por aqui? – perguntou o motorista.

– Vamos visitar um velho amigo – disse o Reverendo.

– Tá certo. Bem-vindos ao inferno.

7

A última imagem que Leni guarda da mãe é através do para-brisa traseiro do carro. Leni está dentro, ajoelhada no banco, com os bracinhos e o queixo apoiados no encosto. Lá fora, o pai acaba de fechar o porta-malas com força, depois de tirar uma das malas e deixá-la no chão, ao lado da mãe. Ela está de braços cruzados e veste uma saia longa, como as que Leni usa, agora que está crescida. Atrás dos pais, sobre a rua de terra de um lugarejo qualquer, vai se levantando um céu rosado e cinzento de amanhecer. Leni está com sono e tem a boca pegajosa, com gosto de pasta de dente, pois saíram do hotel sem tomar café da manhã.

A mãe descruza os braços e passa uma das mãos sobre a testa. O Reverendo está falando com ela, mas, dentro do carro, Leni não consegue escutar o que ele está dizendo. Mexe muito as mãos. Levanta o indicador e o abaixa e aponta para a mãe, balança a cabeça e continua falando em voz baixa; pelo trejeito da boca parece que morde as palavras antes de soltá-las.

A mulher faz menção de ir até o carro, mas o Reverendo se interpõe e ela se congela em meio ao movimento. Estão brincando de estátua, pensa Leni, que sempre brinca disso, sempre em pátios diferentes e sempre com crianças diferentes, depois do sermão dominical. Com o braço estendido e a palma da mão aberta para a frente, o Reverendo, seu pai, caminha para trás e abre a porta do motorista. A mãe fica parada ali, junto à mala, e cobre o rosto com as mãos. Está chorando.

O automóvel se põe em marcha e logo arranca, levantando uma nuvem de poeira. Então a mãe corre uns metros atrás do carro, feito um desses cachorros abandonados na estrada durante as férias.

Isso aconteceu há quase dez anos. Leni não se lembra com exatidão do rosto da mãe. Lembra que era uma mulher alta, magra e elegante. Quando se olha no espelho, tem a impressão de que herdou seu porte. No começo, achava que era só um desejo de se parecer com ela. Mas agora que é mulher, mais de uma vez já pegou o pai olhando para ela com uma mistura de fascínio e desprezo, como quem olha para alguém que traz boas e más recordações, a um só tempo.

O Reverendo e Leni nunca falaram daquele episódio. Ela não sabe o nome do lugarejo onde deixaram a mãe, mas acha que, se voltassem a passar por aquela rua, saberia reconhecê-la no ato. Esses lugares não mudam muito ao longo dos anos. De todo modo, o Reverendo deve se lembrar muito bem do ponto preciso do mapa em que deixou a esposa e certamente o apagou para sempre dos seus itinerários.

Daquela manhã em diante, o Reverendo Pearson passou a se apresentar como um pastor viúvo com uma filha pequena para criar. Um homem nessa condição gera automaticamente confiança e simpatia. Um homem a quem Deus arrebatou a esposa na flor da juventude, deixando-o sozinho com uma criança pequena, e que mesmo assim segue em frente, firme na fé, inflamado pela chama do amor a Cristo – um homem assim é um homem bom, um homem a quem se deve escutar atentamente.

Tapioca também não lembra muita coisa da mãe. Quando ela o abandonou, ele teve de se acostumar ao novo lar. O que mais lhe chamou a atenção foi aquele montão de carros velhos. O cemitério de carros e os cachorros serviram de consolo durante as primeiras semanas, enquanto ele se conformava com a ideia. Passava o dia inteiro metido no meio das carcaças: brincava de dirigir aqueles automóveis e sempre tinha três ou quatro cachorros de copilotos. O Gringo deixava. Foi se aproximando aos pouquinhos, como se o menino fosse um bichinho do mato que ele precisasse amansar. Começou contando a história de cada um daqueles carros que, um dia, tinham transitado por ruas e até por estradas sem fim. Muitos não tinham ido só até Rosario, como a mãe dele, mas sim até Buenos Aires e a Patagônia. Brauer foi buscar uma pilha de mapas viários do Automóvel Clube, e à noite, depois de jantar, mostrava os pontos por onde, segundo ele, os carros tinham andado. Com o dedo grosso, manchado de graxa e nicotina, ia seguindo as linhas e explicava que a cor de cada traço marcava a importância da estrada em questão. Às vezes o dedo de Brauer trocava bruscamente de rumo, saía da estrada principal para tomar um caminho mal insinuado, uma linha mais fina que um cílio, que terminava num pontinho. O Gringo dizia que o motorista do carro tinha passado a noite naquele lugar e que agora também era hora de ir dormir.

Outras vezes, a ponta do dedo do mecânico passava aos pulinhos por uma linha pontilhada, uma ponte erguida sobre um rio. Tapioca não sabia nem o que era um rio, nem o que era uma ponte, e então Brauer explicava tudo.

E, outras vezes, o dedo se movia sinuoso, vagaroso, por um caminho na montanha. Certa vez, o dedo chegou até o fim do mapa e o Gringo falou do frio, de um frio que jamais chegariam a conhecer no Chaco, um frio que deixava tudo branco. Ali, no inverno, a estrada ficava coberta de gelo e o gelo fazia os pneus patinarem e causava os acidentes fatais. Tapioca sentia medo de um lugar desses e pensou que era uma sorte estarem bem na parte de cima do mapa e não ali onde terminava o mundo.

O Gringo Brauer comprava os carros da polícia da província. Tinha um contato lá dentro. Eram vendidos como ferro-velho. Em geral, eram carros confiscados em acidentes ou incêndios. De vez em quando, entrava um roubado. Nesse caso, o Gringo cuidava da mecânica; a polícia limpava os papéis, trocava a matrícula e vendia aos ciganos. Pagavam a Brauer pelo trabalho, mais um tanto pela colaboração.

Intercalando as histórias dos mapas, o Gringo contava o momento em que o carro deixara de pertencer a seu dono para vir terminar ali com eles. Recriava acidentes, e Tapioca escutava tudo com os olhos graúdos e atentos. No começo, os ocupantes do automóvel sempre saíam ilesos; o carro, destroçado, mas as pessoas, sãs e salvas. Depois, o Gringo achou que estava na hora de familiarizar o garoto com a morte, de modo que a partir daí todas as histórias tiveram um arremate definitivo e sanguinolento. Nas primeiras vezes, Tapioca teve pesadelos. A mãe, o próprio Brauer ou as poucas pessoas que conhecia morriam presas entre os ferros retorcidos, os corpos voavam dos bancos, atravessando o para-brisa ou se carbonizando no veículo em chamas, prisioneiros de portas emperradas. Acabou se acostumando, e já não voltou a sonhar com as cenas que o Gringo narrava.

A culpa não é dos carros, Brauer dizia sempre, a culpa é de quem dirige.

Quando a mãe o abandonou, Tapioca tinha completado o terceiro ano. Sabia ler, escrever e fazer contas. O Gringo também não tinha terminado a escola, e por isso não lhe pareceu necessário que o menino fosse adiante. A escola mais próxima ficava a várias léguas, e seria uma complicação levá-lo e trazê-lo todos os dias. A educação formal que tivera até os oito anos já bastava. Dali em diante, decidiu Brauer, Tapioca tinha que aprender sobre a natureza e o trabalho. Essas duas coisas não seriam ciências, mas fariam do garoto uma pessoa de bem.

Deus nos deu a palavra. A palavra nos distingue do resto dos animais que se movem sob este céu. Mas tomem cuidado com as palavras, são armas que podem estar carregadas pelo Diabo.

Quantas vezes vocês não terão dito: como fala bem esse sujeito, que palavras mais bonitas, que vocabulário mais rico, que segurança me inspiram as suas palavras!

Chega o patrão e fala com palavras fortes, seguras, que prometem coisas sem fim. Fala como um pai fala aos filhos. Depois de ouvi-lo, vocês comentarão entre vocês: como nos falou bem esse homem, suas palavras são simples e verdadeiras, fala conosco como se fôssemos seus filhos, deu a entender que, se ficarmos com ele e fizermos o que manda, ele nos terá sempre sob suas asas, como se fôssemos um filho a mais, nada há de faltar, disse com todas as letras, com palavras simples, falou como se fala a um igual.

Chega o político e fala com palavras bonitas, é como se saísse música de sua boca, nunca ninguém falou com vocês em termos tão bonitos assim, ninguém nunca falou assim de uma vez, sem perder o fôlego. E vocês ficam maravilhados depois de ouvir um discurso tão floreado, tão bem escrito, com tantas palavras tiradas do dicionário, com tanta correção. Saem pensando que esse sim é um bom homem, que pensa no bem de todos, que pensa como vocês, que representa vocês.

Mas eu lhes digo: desconfiem das palavras fortes e das palavras bonitas. Desconfiem da palavra do patrão e do político. Desconfiem de quem se diz pai ou amigo. Desconfiem desses homens que falam pela boca e em nome dos interesses de vocês.

Vocês já têm um pai, e esse pai é Deus. Vocês já têm um amigo, e esse amigo é Cristo. Todo o resto são palavras. Palavras que o vento leva.

Vocês têm suas próprias palavras, o poder da palavra, e têm que se fazer ouvir. Deus não escuta a quem fala mais alto ou mais bonito, mas a quem fala com a verdade e com o coração.

Deixem que Cristo fale por sua boca, deixem que sua língua se mova ao ritmo de Sua palavra, que é única e verdadeira. Carreguem vocês mesmos a arma da palavra e apontem, disparem contra os charlatães, os mentirosos, os falsos profetas.

Deixem que reine em vocês a palavra de Deus, que é viva e eficaz e mais afiada que qualquer espada de dois gumes e que penetra até partir ao meio a alma e o espírito, os ossos e as medulas, e discerne os pensamentos e as intenções do coração.

Pensem nisso e deem testemunho.

Louvada seja a palavra do Pai e do Filho.

8

Tapioca tirou o fone da orelha e se levantou devagar, para não acordar a garota. Tomou alguns passos de distância e sacudiu a terra das calças. Depois saiu rumo ao banheiro. Passou sigiloso ao lado do Reverendo, que continuava a dormitar na cadeira.

Esvaziou ruidosamente a bexiga na água da privada. Sorte que a garota, Leni, estivesse longe: ele ficaria envergonhado se ela o escutasse.

Quando saiu do banheiro, enxugando as mãos no peito da camisa, o Reverendo estava se espreguiçando. Tirara os óculos e passava o lenço pela cara suada e os escassos fios de cabelo. Ele o viu e sorriu.

– Rapaz, venha cá, sente aqui.

O Reverendo deu umas palmadinhas na cadeira a seu lado. Tapioca olhou para ele meio de lado, como os cachorros, quando alguém os chama. O desconhecido deixava-o nervoso e ele hesitou por um instante, procurando uma desculpa para sair dali. Acabou por se sentar.

– Todo mundo chama você de Tapioca, não é?

Ele fez que sim com a cabeça.

– E como você se chama?

– Tapioca.

– É assim que os outros chamam. É o seu apelido. Mas você tem outro nome, o que puseram quando você nasceu. Você lembra?

Tapioca esfregou as mãos nas calças.

– Josemilio – soltou.

– José. Lindo nome. Nome muito nobre. Você sabe quem é José?

Tapioca olhou para ele e espantou uma mosca que lhe andava pelo rosto. Aquele sujeito deixava-o confuso. Como resposta, encolheu os ombros.

– José foi o marido de Maria, a mãe de Cristo. Foi o homem que criou Jesus. Como o senhor Brauer. Ele cria você como se fosse filho dele, não é? Você sabe quem é Cristo?

O rapaz passou a mão pela cara. Suava, mais de nervoso que de calor, com o calor já estava acostumado. Queria sair dali. Mas o desconhecido o intimidava.

– Já ouviu falar de Deus? Deus é nosso criador. Ele criou tudo o que você vê aqui. Você e eu também somos obra Dele. O senhor Brauer já deve ter falado de Deus alguma vez, não falou?

Tapioca olhou para ele. Lembrou-se dos anos em que fora à escola. Quando a professora fazia perguntas e ele não sabia responder. Sentiu a mesma vontade de começar a chorar.

– Tenho que levar uma coisa para o Gringo – balbuciou.

– Espere. Já, já você vai – disse o Reverendo, apoiando a mão no braço do rapaz. A mão do homem era macia como a de uma mulher. Era quente também, mas Tapioca sentiu um calafrio.

Olhou em volta, à procura de Brauer. O Gringo estava de costas curvadas, a cabeça metida sob o capô do carro do

Reverendo, a mais de cem metros do caramanchão onde o homem o retinha, alheio ao desespero de seu ajudante.

– Não se preocupe. Depois eu explico que estávamos conversando.

O homem olhou para ele com um sorriso plácido. Não era a primeira vez que Tapioca via olhos tão claros assim, a região estava cheia de gringos. Mas os olhos do Reverendo pareciam enfeitiçá-lo. Feito o caburé com as presas, como Brauer tinha explicado: olhava tão direto que elas desmaiavam e ele as comia.

Tapioca sacudiu a cabeça. Sentia um peso. Não tinha que ficar ali, olhando aqueles olhos.

– E então? – disse o Reverendo, com voz melosa.

– Então o quê? – disse o rapaz, meio ressabiado.

– Quer dizer então que nunca ninguém falou com você sobre Cristo Nosso Salvador. O senhor Brauer é um bom homem. E você é um bom rapaz, José. Cristo está esperando de braços abertos por você. Só temos que preparar você, para que possa recebê-lo.

"Que conversa é essa? Que Cristo, que nada. Você vem chegando e falando... Eu não estou entendendo nada. Eu... eu me chamo Tapioca, ouviu? E você não sabe nada da gente."

Tapioca sentiu vontade de dizer alguma coisa assim e dar por terminada aquela conversa. Mas não tomou ânimo e ficou de boca fechada. Virou-se para todos os lados, só para não olhar para ele, mas seus olhos não conseguiam pousar em nenhum canto: saltavam de um cachorro para a estrada, da estrada para os carros empilhados sob o sol, daí para a ponta dos chinelos, para as mãos, para finalmente voltar a espiar de esguelha o homem ao lado.

O Reverendo, por sua vez, mantinha os olhos fixos no rapaz. Tirara a mão de seu braço, para trançá-la com a outra, numa postura beatífica.

– Neste mundo, José, não basta apenas ser bom. Devemos pôr a bondade a serviço de Cristo. Só ele pode nos livrar do mal. Se recebemos Cristo em nosso coração, nunca mais estaremos sozinhos. Talvez você não saiba disso, porque ninguém disse antes, mas estão chegando uns dias aziagos... quer dizer, dias difíceis, mais terríveis do que você pode imaginar. Porque o poder de Cristo é infinito, mas o Demônio também é muito poderoso. Não tanto quanto Jesus, louvado seja... mas a batalha não para, dia e noite. Por isso, José, temos que nos unir às fileiras de Cristo. Formar um exército muito grande e poderoso, capaz de expulsar definitivamente o Demônio deste mundo. A guerra final está chegando, José. Quando os arcanjos tocarem suas trombetas, só quem tiver se entregado a Cristo conseguirá escutá-las. No dia do Juízo, quem escutar as trombetas estará salvo e entrará no Reino dos Céus.

Tapioca escutou com atenção as palavras do Reverendo. Seus olhos tinham parado de procurar desculpas para escapar do olhar do homem e tinham se fixado nele. Ainda sentia medo. Mas não do Reverendo, em quem começava a ver um amigo ou algo mais: um pai, um guia. Sentia medo do que ele estava dizendo. Medo de não estar preparado quando tudo aquilo, tão feio, viesse para cima dele. O Gringo não devia estar sabendo de nada, de outro modo teria contado para ele há muito tempo. Até aquele momento, Brauer fora a pessoa mais sábia que ele jamais conhecera. Mas agora era claro que a sabedoria do patrão era limitada.

– E o Gringo?

– O senhor Brauer?

– Ele vem com a gente para esse lugar aí que o senhor está dizendo, para o céu?

– Claro que vai. O senhor Brauer vai entrar no Reino dos Céus pelas tuas mãos, José. Se você se unir ao Exército de Cristo, poderá levar junto as pessoas que estão no seu coração. O senhor Brauer cuidou de você quando você era pequeno e não podia se defender sozinho. Deu de comer, cuidou quando você ficou doente, ensinou muita coisa, não foi?

Tapioca assentiu com a cabeça.

– Muito bem. Agora é você que vai cuidar dele, é você que vai ensiná-lo a amar Jesus. É o presente mais bonito que você pode dar para o senhor Brauer.

Tapioca sorriu. O medo continuava ali, feito uma doninha dentro da toca, dava para ver os olhinhos brilhando na escuridão. Mas ele também começava a sentir uma coisa nova, uma espécie de fogo nas tripas, que o enchia de bravura. Mas uma coisa ainda o preocupava.

– E os cachorros? Posso levar?

Pearson teve vontade de rir, mas se conteve.

– Claro. O Reino dos Céus é um lugar muito grande e Cristo tem amor aos animais. Os cachorros podem vir também. Claro! Por que não?

O Reverendo abriu os lábios para tomar fôlego. Estava com a boca seca.

– Você pode me trazer um copo d'água, José?

Às vezes sentia, muito a contragosto, que tudo estava perdido, que, por mais que ele e os outros se esforçassem, sempre chegariam tarde demais: o Demônio estava sempre um passo à frente. Um passo à frente do próprio Cristo, que Deus o perdoe. Encontrar um rapaz feito Tapioca era coisa que o enchia de fé e esperança. Uma alma pura. Em estado bruto, é verdade, mas era para isso que ele estava ali. Para lapidá-la com os cinzéis de Cristo, para fazer dela uma bela obra, para entregá-la a Deus.

Pensar nisso dava-lhe forças, reafirmava-o em seu propósito. Voltava a sentir-se como uma flecha acesa com a chama de Cristo. E como o arco que se retesa para lançar essa flecha o mais longe possível, no ponto exato em que a chama se converte em labareda. E como o vento que propaga o fogo que arrasará o mundo com o amor de Jesus.

9

Enquanto bebe a água, o Reverendo lembra de si mesmo, criança ainda, descendo um barranco de mãos dadas com a mãe. Ela, uma passada à frente, puxava seu bracinho com firmeza. O terreno descia abrupto e era preciso cravar o calcanhar entre os torrões soltos, cobertos de mato, para evitar uma queda. Os dois estavam agitados com a caminhada.

A saia da mãe, soprada pelo vento, mexia-se diante de seus olhos como uma cortina que mostrasse ou ocultasse a paisagem, ao sabor do vaivém do tecido.

Não sabia aonde iam, mas, antes que saíssem, a mãe dissera que aquele seria um dia memorável. Pusera nele as melhores roupas e ela mesma se vestira com esmero. Tinham saído de casa depois do almoço e tomado um ônibus até o centro. Ali, tomaram outro, com um cartazinho na frente que dizia *Balneário*. Foram os únicos passageiros que chegaram ao ponto final do trajeto. O motorista desligou o motor bem no alto de uma rua de terra e explicou à mãe como descer até a margem do rio.

À medida que se aproximavam, o que se via do alto como uma mancha escura, talvez até um acidente do terreno, foi tomando a forma de uma pequena multidão. Umas cem pessoas em pé, viradas para o rio, cantavam. Agora que estavam quase chegando à praia, o vento trazia até eles a canção. Nunca a ouvira no rádio, nem em outro lugar. Parecia uma canção bastante alegre, mas ele se sentiu profundamente triste conforme se aproximavam. Talvez por causa do céu encoberto e dos restos de lixo que as pessoas jogam fora e que o rio arrasta e deposita no balneário abandonado pela prefeitura. Talvez porque esperasse que a saída com a mãe tivesse outro destino, um cinema ou um parque de diversões.

Pararam para tomar fôlego, e a mãe largou sua mão para ajeitar uns fios de cabelo que tinham se soltado da trança. Depois, com os dedos, penteou-lhe a cabeça, alisou suas roupas com as mãos e amarrou um cadarço solto.

– Vamos – disse, e voltou a pegá-lo pela mão. Abriu caminho com o próprio corpo, empurrando os outros. As pessoas olhavam para ela de cara fechada, sem parar de cantar, mas ela seguia em frente, fazendo-se de desentendida. Mexia a boca como se estivesse cantando ou pedisse desculpas, muito embora não fizesse nem uma coisa nem outra.

Postaram-se na primeira fileira, ali onde a praia era barro e limo. Ele sentiu que seus sapatos afundavam-se no chão molenga. Seus melhores sapatos. Olhou com preocupação para a mãe. Mas ela não lhe dava atenção. Como todos os outros, a mãe observava o rio escuro, encrespado pelo vento.

O que estavam fazendo ali com aquele bando de malucos cantadores, em vez de estar na praça, metendo os dedos num algodão doce, enchendo a boca daquela espuma enjoativa?

O que podia haver de interessante naquele monte de água?

Então aconteceu o inesperado. A cantoria se calou. A cabeça de um homem emergiu da água; tinha os cabelos compridos colados ao crânio. Rompeu a superfície do rio e se ergueu em meio às águas com o torso nu e os braços abertos. Começou a caminhar rumo à margem, provocando uma marola suave, que molhou os tornozelos do Reverendo.

Alguém – ele não sabia se um homem ou uma mulher –, com a voz mais doce que ele jamais escutara, começou a entoar uma canção.

A mãe, que não era besta nem nada, levantou-o por debaixo dos braços e o jogou para o homem do rio, que o recebeu com um abraço úmido, gelado.

Sempre que recorda aquele dia fundamental para o resto de sua vida, o Reverendo fica embargado de emoção. Cada vez que se sente fraquejar, apela àquela lembrança, ao dia de seu batismo, à tarde em que o homem do rio submergiu-o nas águas lodacentas do Paraná para devolvê-lo, purificado, às mãos de Deus. Pensar nisso lhe dá forças, reafirma-o em sua missão.

Certa vez, perguntou à mãe por que o levara ao rio naquela tarde. Ela nunca fora uma mulher devota.

– Deu vontade, só isso – dissera ela. – Ouvi no rádio que vinha esse pregador e resolvi que ia lá ver que tal. De curiosa, só isso. Falaram tanto desse homem, a semana inteira. Não sei por que, mas achei que ele podia ajudar a gente. E quando nós chegamos e eu vi toda aquela gente, pensei: temos que ir para a primeira fila. – Ela riu, como se recordasse uma travessura. – E quando chegamos na primeira fileira, pensei: ele tem que pegar o menino. Tinha certeza que, se o pregador levantasse você, se eu conseguisse chamar a atenção dele, depois disso algo bom teria que acontecer.

A mãe voltara a se curvar sobre o bordado. Naquela época, ele tinha vinte anos e começava a fazer nome. Ela já não precisava trabalhar para pagar as contas. Fazia uns tantos anos que tinham abandonado Paraná e se instalado em Rosario, onde a igreja dava casa e comida. Ele era um jovem pastor com um futuro auspicioso. Seus dotes de orador começavam a ser reconhecidos na região.

Ela seguia bordando por gosto, porque nunca fizera outra coisa, para se distrair. Mesmo quando o pregador deu abrigo e proteção a eles, a mãe continuara a não demonstrar nenhum interesse pela religião. Na verdade, teria dado na mesma se o filho tivesse virado médico ou advogado. Agia como se simplesmente tivesse garantido para ele uma carreira universitária, uma profissão da qual poderia viver dignamente.

O Reverendo era grato à mãe por tê-lo precipitado nos braços do pregador, nessa nova vida que se abrira para ele. Mas, no fundo, irritava-se ao pensar que, para ela, tudo desse na mesma.

Cada vez que descia do púlpito, ela era a primeira a correr para abraçá-lo.

– Você deixou todo mundo besta – dizia, piscando um olho.

Ela achava que ele mentia, que o filho era um grande mentiroso, que tinha um talento excepcional para a palavra e que graças a isso os dois tinham teto e comida assegurados.

Não era a única a pensar isso. Os superiores, e mesmo o pregador – que logo se deu conta –, também achavam que tinham encontrado a galinha dos ovos de ouro. Cada palavra que saía de sua boca fazia tilintar uma chuva de moedas nas arcas do templo.

– Você superou o seu mestre – dizia o pregador.

Restava pouco do homem magro, de olhos febris, que emergira do rio. Convertera-se num sujeito gordo e calvo, que já não metia os pés no barro, que há muitos anos deixara de afundar os corpos infiéis na água para tirá-los já redimidos, com os pulmões cheios da glória de Cristo.

Traga o melhor para Deus, era a frase que escutava, repetida como um salmo, enquanto os ajudantes passavam entre os fiéis com uma lata nas mãos. Traga o melhor para Deus, e as moedas se precipitavam feito uma chuva de sapos. Traga o melhor para Deus, e as notas flutuavam, silenciosas, no interior da lata.

Traga o melhor para Deus e *Você deixou todo mundo besta*, as duas frases repicavam em sua cabeça quando, exaltado e suarento, ele tratava de se recompor, num recanto qualquer do templo.

Não podia confiar à mãe a angústia que lhe causava a situação, uma vez que ela era a primeira a não entender os propósitos do filho. A tal ponto que, quando ela morreu, pouco depois daquela conversa, ele sentiu um grande alívio, que Deus o perdoe.

A mãe partira conformada deste mundo. Sua vida fora cheia de frustrações – quando viu que ia acabar virando freira, foi seduzida por um aventureiro americano, casou-se com ele e foi abandonada antes de dar à luz –, mas pelo menos deixara o filho arranjado na vida, como gostava de dizer, felicitando-se por ter forjado um futuro para ele, por ter tido uma ideia brilhante naquele dia em que ouvia o rádio enquanto gastava a vista nos bordados.

Pearson acreditava fervorosamente em cada palavra que saía de sua própria boca. Acreditava porque Cristo era o fundamento daquelas palavras. O grande ventríloquo do universo fazia-se ouvir pela boca de seu boneco, que era ele.

O Reverendo nunca quis saber se o seu cenário seria um templo de cidade, um antigo cinema, por exemplo, com cadeiras reformadas, camarotes, tapetes e uma cortina vermelha que só se abria quando ele já estava posicionado; ou um galpão com as paredes caiadas para afugentar os bichos, teto de zinco e cadeiras dobráveis de madeira, compradas num leilão no campo. Quando pode escolher, prefere sempre os cenários pobres, sem atrativos, sem ar-condicionado nem alto-falantes nem luzes ofuscantes.

Raras vezes consente em ir para a cidade grande. Prefere o pó dos caminhos abandonados pelo departamento de estradas, as gentes abandonadas pelos governos, os alcoólatras recuperados que se converteram, graças à palavra de Cristo, em pastores de pequenas comunidades: homens que, durante o dia, trabalham como pedreiros, à tardezinha vendem bíblias e revistas de porta em porta e, aos domingos, sem a coragem que lhes dava o álcool, vão para a frente de uma plateia e pronunciam um discurso quiçá desajeitado, mas o fazem alimentados pelo combustível de Cristo.

10

Leni despertou meio tonta. Levou um momento para saber onde estava, para reconstruir como chegara àquela árvore. Tinha transpirado muito, sentia o corpo dolorido contra o chão duro e o tronco rugoso. Esfregou as mãos no rosto para tirar a remela, feito um gato. Bocejou. Sob o caramanchão, viu o pai, que falava com Tapioca. Sorriu. O Reverendo Pearson não iria parar enquanto não convertesse o rapaz.

Virou a cabeça para o outro lado. Ao longe, alheio ao desígnio evangélico do cliente, o Gringo Brauer trabalhava no carro.

Leni tinha sentimentos contraditórios: admirava profundamente o Reverendo e reprovava quase tudo que seu pai fazia. Como se não fossem a mesma pessoa. Tinha dito ao pai que deixasse Tapioca em paz, mas, caso se juntasse à conversa sob o caramanchão, também ela seria subjugada pelas palavras do Reverendo.

Antes de cada sermão, ela sempre lustra os sapatos dele, até deixá-los como espelhos, escova o terno, ajeita a gravata de seda negra, o lencinho que sobressai do bolso do paletó feito uma orelha de coelho, pega os óculos e os guarda no estojo. O Reverendo nunca se mostra ao público com os óculos postos. Seu rosto tem de estar limpo, não deve haver intermediários entre seus olhos e os olhos dos fiéis. Parte do magnetismo do Reverendo está nos olhos, límpidos como um rio de montanha. Seus olhos ficam marejados, turvam-se ou lançam chamas à medida que transcorre o sermão.

Ela dá um passo atrás, para ter uma visão panorâmica e completa de sua figura. Se tudo está em ordem, ela sorri e levanta o polegar da mão direita.

Quando ele sobe ao púlpito, muito embora já o tenha visto centenas de vezes desde que tem memória, Leni sente a mesma vibração no corpo. Algo de grandioso acontece. Algo que ela não sabe explicar com palavras.

Às vezes não se aguenta e deixa seu lugar ao lado do estrado, onde deveria ficar, caso ele precise dela, e vai se misturar aos fiéis.

Ela se pergunta se, um dia, o Reverendo há de pegá-la pelo pulso e levá-la para a frente de todos, se um dia morderá seu peito e arrancará de uma vez por todas essa coisa negra que ela sente à noite, na cama do hotel, ou durante o dia, no carro, enquanto viaja com o pai.

Leni se levantou e ergueu os braços, para que os ossos da coluna se acomodassem. Tirou a presilha dos cabelos castanhos e os sacudiu, penteou-os com os dedos e voltou a prendê-los, agora num rabo de cavalo. Tirou o fone do ouvido e desligou o rádio.

Levou meses até convencer o pai a comprar o aparelhinho portátil. Prometeu que só ouviria música cristã e anda sempre com um cassete a postos. A fita só é acionada quando o pai se lembra de controlar o que ela está escutando. No resto do tempo, ela ouve FM. Programas de música com ouvintes que mandam cartas ou ligam para pedir músicas e enviar recados. Uma vez, pelo simples prazer mundano de aparecer no rádio, escapuliu até um telefone público e ligou para um desses programas. Anotaram a mensagem e o nome dela foi ao ar. Mas ela queria ouvir justamente uma canção que eles não tinham. Pediram desculpas (Leni, sorry, não temos essa música, mas vamos tocar uma que você com certeza vai adorar). Tocaram uma que não tinha nada a ver com a que tinha pedido, mas tudo bem. A graça estava em ter ligado, em que seu nome viajasse pelo éter num raio de seis quilômetros ao redor da emissora local, que sem dúvida funcionava na cozinha de uma casa particular.

Decidiu caminhar um pouco, para espantar a modorra. Afastou-se para o lado oposto à casinha e ao monte de ferro-velho.

A paisagem era desoladora. A cada tanto, uma árvore negra e retorcida, de folhagem irregular, sobre a qual pousava algum pássaro que mais parecia embalsamado, de tão quieto.

Continuou caminhando até chegar ao limite do terreno, marcado por um alambrado meio caído. Do lado de lá dos fios de arame, começava um campo de algodão. Ainda não era tempo de colheita, mas as plantas, de folhas ásperas e escuras, já ostentavam seus botões. Alguns, maduros, deixavam escapar pelas brechas pedaços de mecha branca. Em poucas semanas mais chegará a hora da colheita, que será enviada para as processadoras. Lá, vão separar a fibra da semente e preparar os fardos para o comércio.

Leni acariciou a camisa molhada. Lembrou que seu pai, algum dia, contou-lhe que sua avó fora bordadeira. Tinha mãos de fada, dissera. Pensou com certa nostalgia que os panos que a avó bordava e a camisa que ela usava agora teriam começado a tomar forma, em sua origem mais remota, na solidão de um campo como este.

11

– Onde é que você se meteu, garoto? – disse Brauer, limpando as mãos num trapo.

– Por ali. Conversando com o homem.

– E desde quando você deu para conversador?

Tapioca fez um trejeito com a cabeça e retorceu a boca.

– E posso saber do que estavam falando?

– De Cristo.

– De Cristo. Quem diria.

– É, é, o homem lá me falou um montão de coisa que eu não sabia – assentiu, entusiasmado.

– Falou de Cristo?

– E do fim do mundo. Gringo, você nem imagina como é que vai ser.

– E como é que vai ser? – perguntou o Gringo, tirando um cigarro do maço e levando-o à boca.

– A coisa vai ser feia. Bem feia.

Tapioca sacudiu a cabeça, como se estivesse cheia de pensamentos negros, como se quisesse se livrar deles. Brauer acendeu o cigarro e soltou um jorro de fumaça.

O rapaz ergueu a cabeça, sorridente.

– Mas nós vamos para o Reino dos Céus, porque somos gente do bem.

– Ah, que bom, então eu já posso ficar mais tranquilo – disse o Gringo, gozador, se bem que começasse a se preocupar com o entusiasmo religioso do ajudante.

– A gente e os cachorros. Porque Cristo gosta de cachorro como se fosse gente. E... e...

– Tá bom, garoto, tá bom. Escute uma coisa. Depois a gente vê essa história de ir para o céu. Agora você tem que me ajudar aqui. Isso está mais ferrado do que eu pensava. Vá, vá preparar um mate e volte para cá. Deixe esse sujeito aí se distrair sozinho. Volte logo, que você vai ter que dar uma mão aqui, escutou?

Tapioca disse que sim, deu meia-volta e foi direto para a casa.

– E não deixe a água ferver, que eu não quero mate lavado, escutou? – gritou o Gringo.

Encostou-se no carro e terminou o cigarro com tragadas profundas. Não queria saber de pensamentos elevados. Religião era coisa de mulher, de fracote. O bem e o mal eram coisa de todos os dias, deste mundo, coisas concretas com as quais se lidava de corpo presente. A religião, ele achava, era uma maneira de se livrar das responsabilidades de cada um. Escudar-se em Deus, ficar esperando que alguém salve a pátria, pôr a culpa no diabo pelas coisas ruins que qualquer um era bem capaz de fazer.

Ensinara a Tapioca o respeito pela natureza. Acreditava nas forças da natureza, isso sim. Mas nunca falara de Deus. Não achou que fosse necessário falar de uma coisa que não estava em seu campo de interesses.

Volta e meia, os dois se metiam pela mata e observavam seu comportamento. A mata era uma espécie de entidade fervilhante de vida. Um homem podia aprender tudo o que havia para saber só de observar a natureza. Lá, na mata, tudo estava se escrevendo continuamente, como num livro de sabedoria inesgotável. O mistério e a revelação. Tudo mesmo, contanto que o sujeito parasse para escutar e ver o que a natureza tinha para dizer e mostrar.

Passavam horas quietos sob as árvores, desentranhando sons, exercitando um ouvido de tísico, capaz de distinguir entre uma lagartixa andando sobre a casca das árvores e um verme passando sobre uma folha. O pulso do universo se explicava por si mesmo.

Ainda pequeno, Tapioca tinha criado medo de fogo-fátuo. Algum desocupado, um desses que passavam pela oficina, devia ter contado alguma história para ele, e o garoto já não se animava nem a sair para mijar sozinho à noite. Não pregava um olho e, de dia, andava feito carcaça. Uma noite, o Gringo se cansou de tanta besteira, agarrou-o pelo cangote e o levou a campo aberto. Vagaram por várias horas, até que enfim, logo antes que começasse a clarear, encontraram o que o Gringo estava buscando. Ao longe, entre umas árvores, viram uma luz tremelicante.

– Olha aí o tal do fogo-fátuo – disse ele.

O garotinho desatou a chorar feito uma maria madalena e o Gringo teve que pegá-lo pelo braço e levá-lo até o lugar.

Ao pé das árvores, encontraram o esqueleto de um animal mediano, um cabrito ou bezerrinho. Brauer apontou com a lanterna e mostrou como, dos restos pútridos, da matéria inflamável, elevavam-se pequenas chamas que vagavam no ar escuro da noite.

Agora pensava que talvez devesse tê-lo avisado sobre aquelas histórias da Bíblia. Tinha sido fácil encontrar a explicação natural do fogo-fátuo. Mas tirar-lhe da cabeça aquela conversa de Deus não seria tarefa simples.

12

– Com licença – disse o Reverendo.

Brauer, que voltara a meter a cara no motor, foi pego de surpresa, deu um pinote e bateu com a cabeça contra o capô levantado.

– Desculpe. Não quis assustá-lo. Vou tirar umas coisas do carro.

– Por favor. É seu – disse o Gringo, de cara feia, esfregando o galo com os dedos.

O Reverendo meteu meio corpo na parte traseira do carro e reapareceu com uma pilha de livros.

– E como vai indo?

– Está mais difícil do que eu pensei. Estou tentando encontrar o galho, mas não sei se consigo consertar.

– Não se preocupe. Não estamos com pressa.

– Achei que tinha gente esperando vocês.

– Eles sabem que vamos chegar um dia desses. Mas não quando. Os caminhos do Senhor são inescrutáveis, nunca se sabe o que pode acontecer, por isso prefiro não dar detalhes da minha chegada, para não preocupar ninguém, o senhor entende.

– Claro. Mas olhe, se não conseguir consertar, eu levo vocês até Du Gratty, lá vocês encontram um lugar para passar a noite.

– Não vamos nos adiantar. Ainda restam algumas horas de sol, senhor Brauer. O senhor trabalhe tranquilo e não se preocupe conosco. Minha filha e eu estamos felizes de estar aqui, de conhecer vocês. Faz tanto tempo que andamos por estes caminhos que sabemos que a paciência é boa conselheira. Todos os imponderáveis têm sua resposta, sua razão de ser, pode acreditar.

O Reverendo se afastou com os livros. Brauer ficou olhando até que o outro voltou a se instalar à sombra da folhagem.

Balançou a cabeça. O melhor era pôr aquele maldito carro para andar o quanto antes. Já se via tendo de ceder os catres ao Reverendo e à filha, enquanto ele e Tapioca dormiriam no chão com os cachorros.

Por que não tinha dado atenção a Tapioca? Deviam ter saído de manhã para pescar, como queria o garoto. E ele tinha inventado de dizer que não, que com aquele calor o Bermejito ia estar assim de gente, que no fim de semana não dava para pescar nada, que os peixes se escondiam de tanto que as pessoas buliam na água.

Enfim. Ele também sabia que a paciência é boa conselheira. Paciência e saliva, disse consigo e voltou a se meter no motor.

– Patrão – gritou Tapioca.

O Gringo se ergueu de uma vez e deu outra cabeçada, no mesmo lugar.

– Puta que o pariu, garoto, que merda é essa?

– É o mate.

– Mas precisa dar um grito desses e me dar um susto do caralho? Não dá para ver que eu estou concentrado aqui?

– Como é que eu ia saber?

– Bah... cale essa boca e me passe aqui o mate. Não sei o que deu em você de repente, para sair falando feito papagaio.

Tapioca riu-se e estendeu o mate.

– Cuidado, que está quente.

– Eu não disse para vigiar o fogo?

– Mas o que eu posso fazer, se a água já sai pelando da torneira. Não ferveu, mas está quente.

– Quer dizer, você faz dois mates com uma água só e ainda quer que eu agradeça. Espertinho, você, hein. Passe aquela chave ali. Me traga mais um mate, que está bom.

– Se quiser, eu faço um tererê.

– Tererê é mate de mulher, garoto. O mate tem que ser feito com água quente. É como dizia o meu velho: no inverno, tira o frio, no verão, tira o calor.

– Era bom, o seu pai?

– Bom? Sei lá. Acho que sim, matar não matou ninguém, que eu saiba.

– O homem me disse que eu me chamo igual ao pai de Jesus.

– Ele se chamava Tapioca?

– José, Gringo. Meu nome é José.

– Eu sei, garoto, era só brincadeira.

– Mas esse não é o pai de verdade. Ele só criou Jesus. Como você me criou.

– Olhe aqui, tome, limpe isto aqui.

– O pai dele é Deus.

– Me dê um mate.
– Você é um pai para mim, Gringo.
– Tome aqui.
– Não vou nunca me esquecer do que você fez por mim.
– Venha cá. Segure esses fiozinhos. Separados.

O corpo é o templo de Cristo. O corpo de cada um de vocês abriga a alma de cada um de vocês, e na alma de cada um mora Cristo. Então o corpo não pode ser mau.

Olhem para si mesmos.

Cada um de vocês é uma criação única e perfeita. Cada um foi concebido pelo artista mais genial de todos os tempos.

Louvado seja Deus.

Vocês talvez digam: Reverendo, me falta uma perna, um braço, perdi uma das mãos num acidente, minha coluna está em pedaços e não posso mais andar. Vocês talvez digam: Reverendo, sou vesgo, manco, gago, me falta um dos seios, me sobra um dedo. Vocês talvez me digam: Reverendo, estou velho, perdi os dentes, o cabelo, sou um farrapo humano. Reverendo, eu não sirvo para nada, sou feia, sou feio, estou doente, sinto vergonha do meu corpo. Podem vir até mim arrastando-se sobre o tronco sem membros que os sustenta. Podem vir a mim completamente paralisados, com a boca torta, babando. Podem vir a mim cobertos de chagas, feridos, a pele eivada de cicatrizes. Podem vir a mim um minuto antes que a morte os leve, e mesmo assim vou continuar dizendo: vocês são belos, pois são obra de Deus.

Louvado seja o Senhor.

Então eu lhes pergunto: se o seu corpo é o templo de Cristo, por que o maltratam? Por que se deixam humilhar, violentar, surrar? Pergunto às mulheres: quantas vezes deixam que seus maridos ou namorados ou pais ou irmãos abusem de seu corpo? Do corpo de seus filhos? Quantas vezes justificam, em nome do amor, um empurrão, uma bofetada, um insulto? E pergunto aos homens: quantas vezes usam seu corpo, o corpo que Deus lhes deu, o corpo que há de ser o templo de Cristo e não a toca do Demônio, quantas vezes vocês usam seu corpo para causar dano aos outros?

Se agora mesmo um grupo de homens irrompesse nesta reunião e começasse a chutar as coisas, a quebrar as cadeiras, a incendiar cortinas, por acaso nenhum de vocês levantaria o dedo para defender este recinto? Tenho certeza que todos vocês se poriam de pé e usariam a força que têm para expulsar os intrusos, todos vocês defenderiam esta igreja que vocês ergueram com suas próprias mãos e com a inspiração de Cristo.

Então eu lhes pergunto: por que não agem da mesma maneira com seu corpo?

Se a pessoa mais saudável que há entre vocês saísse nua no meio de uma noite chuvosa de inverno, há noventa e nove por cento de probabilidade que acabe pegando uma pneumonia. Do mesmo modo, se deixam o corpo entregue ao pecado, há noventa e nove por cento de chances que o Demônio se apodere dele.

Cristo é amor. Mas não confundam amor com passividade, não confundam amor com covardia, não confundam amor com escravidão. A chama de Cristo ilumina, mas também pode provocar incêndios.

Pensem a respeito e deem testemunho.

13

Brauer ligou o motor do carro e ficou escutando, a cabeça apoiada no volante. Agora sim, estava começando a gostar da coisa. Saiu e se inclinou sobre a ferragem, de orelha em pé. Sorriu. Finalmente tinha encontrado a agulha no palheiro.

Precisava descansar um pouco. Tomar alguma coisa gelada.

Quando estava se aproximando do caramanchão, o Reverendo tirou os olhos dos livros e sorriu para ele.

O Gringo levantou uma das mãos e passou direto, rumo ao banheiro. Depois de urinar, tirou a camisa e ligou o chuveiro. Meteu a cabeça e metade do corpo sob a chuva e deixou a água correr, até que começasse a sair mais gelada. Pegou um pedaço de sabão e esfregou os braços, o pescoço, as axilas e o cabelo. E ficou inclinado, apoiado com as mãos na parede sem revestimento, deixando que a espuma de sabão deslizasse pelo corpo e se amontoasse no ralo do piso. Fechou a torneira e sacudiu a cabeça, como os cachorros, para secar o cabelo. Puxou uma toalha que pendia de um gancho e se secou. Voltou a pôr a camisa e saiu, refrescado.

O Reverendo voltara aos livros. Brauer passou por trás, entrou na casa e saiu com uma garrafinha gelada e dois copos. Parou ao lado da mesa. Pearson levantou a cabeça e voltou a sorrir.

Brauer apoiou a garrafa de cerveja na coxa e abriu a tampinha com o isqueiro. Encheu um copo.

– Está servido?

– Obrigado. Não bebo.

– Está bem gelada – insistiu o Gringo e tomou um gole longuíssimo, que lhe deixou espuma no bigode. – Acho que agora peguei a manha do seu carro.

– Está pronto?

– Ainda não. Não quero me adiantar, mas acho que daqui a pouco o senhor já vai poder pegar estrada.

– De todo modo, já lhe disse que não estamos com pressa.

– Vamos, Reverendo, seus amigos estão esperando. E o senhor deve estar ansioso para vê-los.

– O pastor Zack e sua família estão sempre no meu coração. Sei que daqui a pouco vou abraçá-los, mas não me deixo levar pela ansiedade.

– O senhor é quem sabe. Eu, no seu lugar, tentaria chegar para o jantar. É uma beleza sentar para comer com velhos amigos, não acha?

– Com velhos amigos. Com novos amigos. Sim, claro. Me diga uma coisa, Brauer, estava pensando se tem algum riacho por aqui.

– Riacho? Pode ficar esperando. Com essa seca, não sobrou nem olho d'água. Está tudo consumido, a terra engoliu tudo. Não viu as rachaduras? São mais largas que o meu dedo. Está com vontade de pescar?

– Mais ou menos. Sabe, vou aceitar um copinho de cerveja. Me deu vontade.

Brauer serviu um copo e voltou a encher o seu. Arrastou uma cadeira e sentou-se diante do Reverendo, os joelhos quase se tocando. Ficou olhando longamente para ele. Os olhos azuis e pequeninos do Gringo, um pouco avermelhados pelo sol e pelo álcool, buscaram os olhos aquosos do Reverendo.

– O que está procurando por aqui?

Pearson tomou dois goles curtos, de passarinho, e sorriu bondosamente.

– Do que está falando?

– O que andou metendo na cabeça do Tapioca?

O Reverendo tirou os óculos, dobrou as hastes com cuidado e guardou-os no bolso da camisa.

– Na cabeça, nada. Eu diria que, na verdade, falei ao coração dele.

– Não me venha com conversa fiada, Pearson.

– José e eu estivemos falando de Deus. Você fez um bom trabalho com esse menino, Brauer, você o criou sozinho, como se fosse o seu próprio filho. O garoto tem o coração puro. Eu ando muito por estes caminhos, há muitos anos. Eu mesmo tive de criar sozinho a minha filha. E acredite em mim, é difícil encontrar tanta pureza quanto há nesse rapaz. Como eu disse, você fez um grande trabalho, mas, se me permite, descuidou um pouco da parte religiosa.

– O Tapioca é um bom garoto, Pearson.

– Absolutamente. Não tenho dúvidas. Mas me diga, Brauer, quanto tempo pode durar uma alma tão nobre neste mundo corrompido, cheio de tentações? Quanto tempo, sem Cristo por guia?

– O Tapioca não precisa de nenhum Cristo. Ele sabe o que é certo e sabe o que é errado. E sabe porque eu ensinei a ele, Reverendo.

– Você é um bom homem. Fez tudo o que pôde pelo menino. Agora tem que entregá-lo a Jesus.

O Gringo se inclinou para trás na cadeira e acendeu um cigarro.

– Jesus! – disse e riu-se entredentes. – Quando deixaram o Tapioca por aqui, ele parecia um filhotinho de cachorro. Eu criei essa cachorrada toda desde que eram filhotes, é só dar um pouco de comida e carinho que no outro dia já estão todos fazendo festa. Com o Tapioca, não. O Tapioca era feito um filhote de bicho do mato, um gatinho selvagem: arisco e desconfiado. Levei meses até ganhar a confiança e o carinho dele. Conheço-o feito a palma da minha mão. E acredite em mim, ele não precisa de nenhum Jesus Cristo. Não precisa de nenhum fulano de fora, feito o senhor, que venha para cima dele com esse palavreado meloso de fim de mundo e toda essa besteira.

O Reverendo Brauer tomou outro gole, para ganhar tempo. Conhecia homens como Brauer. Homens bons, mas que tinham afastado Cristo de suas vidas. Homens que viviam um dia de cada vez, confiando no instinto, ignorando que eram parte de um desígnio maior. Era preciso ter cuidado com esse tipo de homem, quando não se queria conquistar sua inimizade. Dava para ver que Brauer era um homem que fizera sozinho a própria vida, aos trancos. O próprio Reverendo, quem sabe, podia ter sido um homem desses, se não tivesse dado de frente com Cristo naquela tarde distante, à beira do rio. Homens como Brauer eram um verdadeiro desafio para o pastor.

– Entendo – disse.

O Gringo olhou para ele sem baixar a guarda.

– Entendo perfeitamente. Peço desculpas pela intromissão. O senhor tem mais cerveja? Faz tanto tempo que não bebo que já tinha me esquecido de como é boa. Afinal de contas, se Deus a pôs na terra, tem que ser boa, não é?

Os dois homens terminaram a cerveja em silêncio.

– O vento está virando – disse Brauer, pondo-se em pé e saindo do caramanchão.

O Reverendo também abandonou a cadeira e se juntou ao mecânico. Olharam para o céu.

– Será que vai chover? – disse Pearson.

– Acho que não. No rádio não disseram nada. Um ventinho mais forte, só isso. Vou tratar do seu carro, Pearson.

– Sim, vá, sim,

O Gringo se afastou devagar. Um dos cachorros foi atrás, e Brauer, tirando o trapo que sempre levava engatado no cinto para limpar as mãos, deu-lhe dois golpes no lombo. O cachorro, brincalhão, parou de repente e começou a saltitar, querendo morder o pedaço de pano. O Gringo agitou o trapo cada vez mais alto, quase acima da cabeça. O cachorro pulou e latiu, arreganhando os dentes, até que por fim conseguiu arrancar o trapo das mãos de Brauer e saiu correndo. O mecânico correu atrás por alguns metros e teve que parar, pondo os bofes para fora por causa da tosse.

O Reverendo observou a cena com um sorriso, mas quando viu o outro dobrado ao meio, tossindo, ficou preocupado.

– Tudo bem? – gritou.

O Gringo, que apoiara as mãos nos joelhos e tossia cuspindo fios de baba, levantou um braço para dizer que não se preocupasse, que estava bem. Quando se refez, limpou a boca com o braço.

– Você vai ver só, cachorro, veado – gritou para o animal, que estava deitado perto do carro do Reverendo, com o trapo ainda na boca, abanando o rabo.

Pearson decidiu caminhar um pouco. Sentia-se um pouco tonto por causa da cerveja e precisava esclarecer as ideias. Foi até o acostamento e começou a andar à beira da estrada deserta. O vento quente entrava pela camisa aberta nos primeiros botões, inflava-a e formava uma espécie de corcunda. Andou devagar, com as mãos nos bolsos.

Outra vez lhe veio à cabeça a cena do batismo.

Quando a mãe o jogou para a frente, o pregador tomara-o entre seus braços molhados e frios e lhe dera um beijo na testa. Ele estava assustado, não tirava os olhos da mãe, que sorria a poucos metros. Tinha medo de que ela aproveitasse para sumir no meio do povo e o abandonasse para sempre.

Tinha ouvido histórias assim. A avó lhe contara que, certa vez, enquanto ela esperava o trem, uma mulher tinha se aproximado com um bebê envolto numa manta. Tinha perguntado se podia ficar com ele por um instante, enquanto ia ao banheiro. A avó dissera que sim, que fosse tranquila. Passou um tempo e nada da mulher voltar, e o trem da avó veio entrando e apitando. Deixou a criança com um policial e embarcou. Nunca soube o que acontecera, se a mãe tinha voltado para buscar o filho ou se a história de ir ao banheiro era só um truque para se livrar dele. A avó dissera que tinha ficado olhando pela janela, até o trem se pôr em marcha e a plataforma ficar cada vez menor, e que não a tinha visto voltar.

Quando o pregador fez menção de devolvê-lo, a mãe ergueu os braços e começou a gritar:

– Louvado seja Jesus! Louvado seja o Profeta que fala em seu nome!

O grupo de fiéis enlouqueceu e todos os braços se ergueram e se balançaram ao mesmo tempo, formando uma grande onda humana que pedia ao Profeta que lhes falasse na língua de Cristo.

O homem não teve outra saída senão dar o sermão com a criança no colo. O menino era robusto e pesava bastante, e o pregador se viu obrigado a trocá-lo de braço várias vezes. Cada vez que mudava de posição, o pequeno ganhava uma perspectiva diferente do grupo que se congregara para escutar o pregador.

Aos poucos, foi perdendo o medo e começou a gostar daquela história de ter tantos pares de olhos cravados nele (se bem que, na verdade, não olhassem para ele, e sim para o profeta), tantas caras pasmas, sorrindo e até chorando, mas sempre emanando muito amor.

Naquela tarde, o pregador falara em eleger Cristo acima de todas as coisas, em tomar a decisão de mudar de vida dali para a frente. O Reverendo não entendeu muita coisa, porque ainda era pequeno e porque o homem usava palavras difíceis, mas ficou muito impressionado com o sermão, com a maneira como o homem conduzia suas palavras e com os muitos efeitos que suas palavras causavam nos espectadores.

Uma mulher, por exemplo, correu lá do fundo e se jogou de boca no barro da margem, abrindo os braços e buscando os pés do pregador, para beijá-los.

Um homem gritou que Jesus tinha entrado em seu peito, e que o peito ardia como se fosse infartar. Arrancou a camisa e começou a rodopiar com os braços estendidos, batendo com suas hastes humanas em tudo à volta, girando e gritando:

– Jesus tomou posse de mim, louvado seja!

Outro, um velho que parecia ter visto de tudo na vida, gritou que o pregador estava mentindo, que era um falso profeta e que ele tinha como dar testemunho do que estava dizendo. Mas não chegou a dizer mais que isso, pois uns quantos sujeitos se jogaram em cima dele, inclusive mulheres, que bateram nele com suas bolsas ou com o que tivessem à mão.

Depois de todas aquelas manifestações estranhas, o pregador tratara de pôr um pouco de ordem e pedira que fizesse fila quem ainda não estivesse na graça do Senhor, quem estivesse disposto a receber Cristo no coração. Um grupo, certamente de ajudantes, começou a cantar umas canções muito bonitas, ajudando as pessoas a se organizar.

O Reverendo viu que a mãe também estava na fila.

Quando tudo ficou pronto, o pregador voltou sobre seus próprios passos e entrou no rio até que a água lhe chegasse à cintura. O menino sentiu os pés molhados e se assustou. Voltou a buscar a mãe com os olhos, mas dessa vez não conseguiu localizá-la entre tantas cabeças alinhadas uma atrás da outra. Começou a espernear, chutando o quadril ossudo do pregador, que mandou em voz baixa que ele ficasse quieto. Em seguida, o pregador levantou-o, segurando-o pelos sovacos. Ele dava chutes no ar, agitava os bracinhos, e seus olhos se encheram de lágrimas. De repente, sentiu-se metido de corpo inteiro na água escura e densa. Só teve tempo de fechar a boca e segurar a respiração. A coisa toda terá durado alguns poucos segundos; mesmo assim, ele achou que estava morrendo. De repente, estava fora d'água, tossindo e cuspindo, e alguém o pegou nos braços e o levou até a praia. Ficou estirado, de boca para cima, na areia suja, que cheirava a peixe podre, olhando para o céu de chumbo, as roupas empapadas e o corpo enregelado, um jorro quente de mijo escorrendo-lhe pelas pernas.

Outros corpos começaram a cair a seu lado, todos molhados e com o cabelo colado ao crânio. Uns ficavam deitados, outros se sentavam e abraçavam as pernas, tremendo e cantando.

O menino se pôs em pé e começou a caminhar entre a gente. Todos pareciam sobreviventes de um naufrágio.

Por fim, encontrou a mãe, que saía do rio auxiliada por outras duas mulheres, tossindo, meio alterada; tinha medo de água.

Ele correu até ela e abraçou-a pela cintura.

14

Tapioca enfiou-se dentro da carcaça de um carro. Sentiu as molas saltando contra suas costas e mexeu-se um pouco no banco, até se acomodar. Quando queria ficar sozinho e pensar nas suas coisas, sempre se metia no meio do ferro-velho. O costume foi ficando, dos tempos em que tinha acabado de chegar. Quando sentia vergonha de chorar na frente do Gringo porque ficava com saudade da mãe, escondia-se dentro de um dos carros. Às vezes nem os cachorros conseguiam encontrá-lo.

Agora queria pensar em tudo que aquele homem tinha dito. Nem tudo era novidade para ele: quando era pequeno, a mãe falava de Deus e dos anjos, tinha até ensinado a rezar umas orações, que ele logo esqueceu. No quarto em que dormiam, tinham um quadrinho da Defunta Correa, com uma luzinha dentro, que à noite a mãe ligava na tomada, para que ele não ficasse com medo do escuro.

Muitas vezes, ao longo daqueles anos, Tapioca tinha pensado naquela imagem. Logo que veio morar com o Gringo, fechava os olhos, sozinho no catre, e a lembrança do quadrinho aparecia, com a luz pequenina, mais fraca que a de um vaga-lume. Era um jeito de trazer a mãe para perto, porque a Defunta Correa também era mãe, tinha um bebê agarrado no peito, ela já morta, mas o leite saindo, alimentando o filhinho. Uns anos antes, quando começou a virar homem, a imagem voltava a aparecer, mas sem o bebê, só a mulher deitada no chão, com os peitos para cima. Depois se sentia sujo e cheio de culpa.

Talvez não tivesse uma ideia tão clara das coisas, tão precisa como eram as palavras do Reverendo, mas fazia tempo que tinha uma sensação parecida, isso sim. Não sabia explicar e nunca se animaria a confiá-lo a quem quer que fosse, mas muitas vezes sentia que alguma coisa falava com ele. Não era uma voz que viesse de fora. Também não provinha da sua cabeça. Era uma voz que parecia brotar de todo o corpo. Não chegava a compreender o que ela dizia, mas sentia-se reconfortado cada vez que aquilo acontecia.

Pensando melhor agora, era uma voz parecida à do Reverendo, enchia-o de confiança e de uma outra coisa que ele ainda não sabia nomear. Seria possível que Pearson viesse lhe falando à distância, anunciando-se naquelas noites em que o sono não chegava e a vigília trazia aquela paz, aquela plenitude?

Não tinha uma resposta. No dia seguinte a essas vozes noturnas, levantava-se tomado por uma felicidade inexplicável. Jamais falara disso com o Gringo. Talvez o patrão não o tivesse entendido, mas não era por isso que Tapioca se calava, e sim porque sentia que, por uma vez que fosse, tinha uma coisa só sua. Acontecia, outras vezes, de ele ficar assustado. Aquela coisa grande e poderosa e impossível de explicar: o que faria com aquilo?

O Reverendo viera até ali para ajudá-lo, Tapioca poderia entregar a ele o seu segredo.

De repente, desejou que o Gringo não consertasse mais o carro, que o homem e a filha ficassem com eles para sempre. Que seria dele, Tapioca, quando fossem embora? Não era mais um garotinho para sair correndo atrás do carro, berrando, como tinha feito atrás do caminhão que levara embora sua mãe.

– Me dá uma caroninha?

A voz de Leni deu-lhe um sobressalto. Viu o rosto da garota surgir do lado do passageiro. Sentiu que todo o sangue do corpo subia para a cabeça, como se o tivessem pego no flagra.

Sem esperar o convite, ela se inclinou e entrou, sentando-se no banco estropiado. Os joelhos ficaram à altura do peito.

Dois cachorros meteram-se pelo buraco da janela traseira e se acomodaram no que restava do banco de trás.

Embaixo do chassi, crescia um mato amarelo e tenro. Leni tirou os sapatos e afundou os pés naquela manta fresca.

O para-brisa ainda conservava alguns pedaços de vidro estilhaçado na moldura de metal. Os limpadores estavam suspensos no ar. Pareciam as antenas de um inseto gigante, cuja cabeça desaparecia sob o capô.

À frente, havia outros pedaços de carros, alguns mais deteriorados que esse. Leni imaginou que estavam presos num engarrafamento de automóveis fantasmas, numa estrada que os levaria diretamente ao inferno.

Comentou com Tapioca, mas ele não achou graça.

– Não quero ir para o inferno – disse com seriedade.

– E para onde você quer ir? – perguntou ela.

– Não sei. Para o céu, quem sabe. Aquilo que você disse na mesa, aquilo sobre como é o céu... deve ser lindo, não deve?

Leni reprimiu um risinho.

– Mas para ir para o céu, primeiro você tem que estar morto. Você quer morrer?

Tapioca fez um gesto com a cabeça.

– Não. Primeiro quero ver a minha mãe.

– Onde ela está?

– Em Rosario.

– E por que você não vai ver? Rosario não é tão longe assim.

– Não sei onde ela mora. Já foi?

– Fui. Com meu pai. Vamos de vez em quando.

– E é grande?

– Ufa, se é. É uma cidade grande, com edifícios e muita gente.

Tapioca apoiou os braços no volante. Leni pensou que ele tivesse ficado triste, talvez pensando que seria impossível encontrar a mãe num lugar tão grande. Pensou em contar que ela também perdera a sua, para ver se o animava, mas o pai não gostaria que ela falasse do assunto com outras pessoas, e ela também não queria ficar triste.

– Você sabe o que aconteceu com este carro? – perguntou, para distraí-lo.

– Sei, sim. Bateu de frente com outro carro, na estrada. O outro ficou feito uma sanfona, só vendo. Era um carro novinho. Os carros agora são feitos de plástico. Esse ficou melhor porque era um modelo velho, mais duro.

– E alguém morreu?

– Não sei. Vai ver tiveram sorte – Tapioca fez um silêncio. – Se alguém morre de repente, assim, numa batida de carro, vai direto para o céu?

– Se era boa pessoa, acho que sim.

Os dois ficaram calados. Leni apoiou o braço no buraco da janela e se acomodou no banco. Sentiu as molas cravando-se nas suas costas suadas. Fechou os olhos.

Um dia, entraria num carro e iria para longe de tudo, para sempre. Para trás ficariam o pai, a igreja, os hotéis. Talvez nem fosse procurar a mãe. Simplesmente tocaria o carro para a frente, seguindo a fita escura do asfalto, deixando, definitivamente, tudo para trás.

15

O Reverendo interrompeu a caminhada e passou o lenço no pescoço e no peito. O vento não aliviava, soprava quente como o bafo do diabo. Pearson sentou-se na beira do acostamento. As folhas do mato seco passaram pelo pano das calças, fincando-se na carne frouxa. Esticou as pernas e apoiou as mãos no chão.

Com Tapioca, tudo seria diferente. Não abandonaria o rapaz como o pregador o abandonara. Seria para ele um verdadeiro guia, forjaria seu caráter segundo a vontade de Cristo, e não conforme à da igreja.

Ao longo daqueles anos, plantara sua semente em muitos homens. Homens bons, como o pastor Zack, que faziam o que podiam, mais até do que ele teria esperado. Mas todos eram homens com um passado, com suas próprias fraquezas. Tinham que lutar com elas dia a dia, o Reverendo bem sabia, venciam-nas com a ajuda de Cristo e seguiam adiante, mas tudo parecia sempre pender de um único fio.

Amava aqueles homens, benditos sejam. Sem eles, sua obra não teria prosperado tanto. Tinha formado seus pastores às costas da própria igreja. Tinha procurado por eles nos lugares mais recônditos do mapa, ali onde apenas ele se atrevia a ir, nas pequenas comunidades esquecidas pelo governo e pela religião.

Tirara aqueles homens da miséria humana, levara-os até Cristo. Confiava neles, mas não esquecia de onde vinham.

Todos tinham sido ovelhas desgarradas, pasto do pecado, todos tinham vivido seu inferno pessoal sobre a terra. Agora, Jesus corria em suas veias. Sua mente, seu coração, suas mãos estavam limpos. Eram portadores da palavra de Cristo e conheciam suas responsabilidades. Mas quem se deixou tentar pelo demônio uma vez pode bem recair. O pecado é um tumor que se pode refrear, até mesmo extirpar; mas, uma vez que tenha colonizado um corpo, pode sempre deixar uma pequena raiz, esperando a hora de se desenvolver.

Ao contrário deles, Tapioca estava limpo como um recém-nascido; os poros estavam abertos para absorver Jesus, primeiro, e respirar Jesus, depois.

Juntos, os dois fariam da obra do Reverendo – que até agora não era mais que a maquete de um sonho longamente acalentado – alguma coisa de concreto, de monumental.

Tapioca ou José não seria um sucessor, seria o que ele mesmo, Pearson, não chegara a ser. Porque o Reverendo Pearson, ele o sabia melhor do que ninguém, também era um homem com um passado e nesse passado havia erros e esses erros de vez em quando voltavam, perseguiam-no como uma tênue e persistente nuvenzinha de moscas que zumbiam. O Reverendo não tivera um Reverendo Pearson que o conduzisse. Fizera-se a si mesmo, do melhor modo que pudera. Mas o rapaz teria a ele; com o Reverendo Pearson de um lado e Cristo do outro, José seria um homem invencível.

Levantou-se com dificuldade. Sacudiu a poeira e os fiapos de mato seco das calças e das mãos. Precisava de um banho, de roupa limpa, de uma cama macia. Mas haveria tempo para tudo isso, mais tarde. Agora tinha que convencer Brauer a deixar o rapaz ir embora com eles para Castelli. Só por uns dias, ele diria, e já volto com ele. Era só inventar um argumento convincente.

Dois dias seriam suficientes para mostrar ao rapaz o destino grandioso que Cristo reservara para ele.

Esta é a hora de mudar a vida para sempre. Muitos de vocês irão se deitar hoje à noite dizendo: amanhã tudo será diferente, a partir de amanhã vou agarrar o touro pelos chifres, vou fazer todas as coisas que venho adiando há anos. Amanhã, sim, amanhã vou mudar o rumo da minha vida. Amanhã vou consertar essa janela que já leva vários invernos sem as vidraças, por onde entram a chuva, o frio e o calor e as moscas, no verão. Amanhã vou capinar o mato, plantar sementes e ter verdura para comer este ano. Amanhã vou abandonar esse homem que chamo de marido e que só faz maltratar a mim e a meus filhos. Amanhã vou fazer as pazes com o vizinho, faz décadas que não nos falamos e já nem lembro por que brigamos. Amanhã vou procurar um trabalho melhor, hei de conseguir. Amanhã vou deixar de beber. Amanhã. À noite, todo mundo é otimista. Acreditamos que, quando o sol de um novo dia iluminar o céu sobre nossas cabeças, seremos capazes de mudar tudo e começar de novo. Mas, na manhã seguinte, acordamos agoniados, cansados antes de começar, e de novo deixamos tudo para amanhã. E amanhã não é daqui a vinte e quatro horas. Amanhã termina sendo daqui a anos e anos da mesma miséria.

Eu lhes digo: amanhã é agora.

Por que deixar passar o tempo, o inverno e suas geadas, o verão e suas tempestades? Por que continuar olhando a vida da beira do caminho? Não somos gado para ficar olhando de tudo de trás do arame, esperando que chegue o caminhão de carga e nos leve todos ao matadouro.

Somos pessoas que podem pensar, sentir, escolher o próprio destino. Todos vocês podem mudar o mundo.

Vocês pensarão: Reverendo, vivo com as costas quebradas de tanto trabalhar para ganhar uma moeda e dar de comer à minha família. Vocês pensarão: Reverendo, fiquei velha de tanto parir filhos e curvar o lombo. Vocês pensarão: Reverendo, estou doente e já não me aguento. O Reverendo Pearson é um imbecil que nos pede coisas impossíveis, vocês dirão com seus botões. O Reverendo vem aqui e fala conosco e nos enche de ilusões e depois vai embora e aí nós temos que enfrentar nossa própria vida, vocês dirão com seus botões.

Mas é aí que vocês se enganam. Vocês não estão sozinhos. Nunca estarão sozinhos, se tiverem Cristo no coração. Nunca mais estarão cansados ou doentes, se levarem Cristo com vocês. Cristo é a melhor vitamina que vocês podem dar ao corpo. Deixem Cristo viver em vocês e terão a força, o vigor, o poder de mudar o rumo da vida.

Juntos, vamos mudar o mundo. Juntos, vamos fazer da terra um lugar mais justo, onde os últimos serão os primeiros. E não vamos esperar até o dia de amanhã. Amanhã é hoje. Hoje é o grande dia. Hoje é o dia de tomar a grande decisão da sua vida.

Abram o peito e deixem Cristo entrar!

Abram a mente e deixem entrar a Sua palavra!

Abram os olhos e vejam a vida maravilhosa que começa hoje, aqui, agora mesmo, para todos vocês, benditos sejam!

16

De repente, o cachorro baio sentou-se sobre as patas traseiras. Tinha passado o dia estirado dentro de um buraco escavado naquela manhã, bem cedinho. O buraco, fresco no começo, foi ficando mais quente ao longo das horas de letargia.

O Baio era um galgo vira-lata e tinha herdado da raça a elegância, o porte, as patas finas e velozes, a fibra. Da outra parte, de pai ou de mãe, não se sabia, tinha tirado o pelo duro, nem curto nem longo, amarelado, além da barbicha que cobria a parte superior do focinho e lhe dava ares de general russo. Também chamavam o Baio de Russinho, por causa da cor do pelo. A sensibilidade vinha de décadas e décadas de mestiçagem. Ou será que era coisa sua, um traço próprio, por que não? Por que os animais haveriam de ser diferentes dos homens? O Baio era um cachorro especialmente sensível.

Os músculos passaram o dia quietos, mas o sangue que continuava latejando feito louco dentro de seu corpo aos poucos aqueceu o buraco na terra, até o ponto em que nem as pulgas aguentaram mais: pulando como ursos bailarinos sobre uma superfície escaldante, elas saltaram para o lombo de outro cachorro ou para a terra fofa ao redor, esperando que aparecesse um anfitrião mais benevolente.

Mas não foi por sentir que as pulgas o abandonavam que o Baio se sentou de repente. Foi outra coisa que o arrancou do torpor seco e quente, trazendo-o de volta ao mundo dos vivos.

Os olhos caramelo do Baio estavam cheios de remela, a película delgada do sono persistia e lhe enevoava a vista, distorcia os objetos. Mas ele não precisava da vista agora.

Sem sair da posição em que estava, ergueu ligeiramente a cabeça. O crânio triangular terminava nas narinas sensíveis, que investigaram o ar duas ou três vezes seguidas. Devolveu a cabeça ao eixo, esperou um momento e voltou a farejar.

Aquele cheiro era muitos cheiros a um só tempo. Cheiros que vinham de longe, cheiros que era preciso separar, classificar e reunir, para decifrar o que era esse cheiro feito de tantas misturas.

Era o cheiro da mata profunda. Não do coração da mata, mas de muito mais para dentro, das entranhas, por assim dizer. O cheiro da umidade do chão mais abaixo dos excrementos dos animais, do microcosmo que palpita abaixo do esterco: sementinhas, insetos diminutos, escorpiões azuis, donos e senhores daquele pedaço de terra sob a sombra.

O cheiro das penas que ficam nos ninhos e vão apodrecendo com as chuvas e o abandono, junto com os galhinhos e folhos e peles de animais usados em sua construção.

O cheiro da madeira de uma árvore atingida por um raio, incinerada até a medula, usurpada por vermes e formigas que cavam túneis e pelos pica-paus que esburacam a casca morta até comer tudo o que encontrarem vivo.

O cheiro dos mamíferos maiores: dos ursos que vêm atrás do mel, das raposinhas, dos gatos do pampa; cheiro de cio, de ninhada, de ossada.

Saindo da mata e já na planície, o cheiro dos cupinzais.

O cheiro dos ranchos mal ventilados, repletos de barbeiros. O cheiro de fumaça dos fogões que crepitam sob os beirais e o cheiro da comida que se prepara neles. O cheiro de sabão em barra que as mulheres usam para lavar a roupa. O cheiro da roupa molhada secando no varal.

O cheiro dos boias-frias curvados sobre os campos de algodão. O cheiro dos algodoais. O cheiro de querosene das colheitadeiras.

E, mais para cá, o cheiro do lugarejo mais próximo, do lixão a um quilômetro do lugar, do cemitério incrustado na periferia, das águas negras dos bairros sem rede de esgoto, o cheiro das fossas. E o cheiro dos pés de maracujá que se obstinam em subir pelos postes e alambrados, que preenche o ar com o cheiro doce da fruta, do mel babento que atrai as moscas.

O Baio sacudiu a cabeça, pesada de tantos cheiros que reconhecia. Coçou o focinho com uma pata, como se limpasse o nariz, como se o desintoxicasse.

Aquele cheiro era todos os cheiros, era o cheiro do temporal que se aproximava. Mesmo que o céu continuasse impecável, sem uma única nuvem, azul como num cartão--postal.

O Baio voltou a erguer a cabeça, entreabriu a bocarra e soltou um uivo longuíssimo.

O temporal vinha chegando.

17

O Gringo girou a chave e o motor do carro ronronou feito um gato melindroso. Soltou um grito de alegria e deu dois murros no forro do teto. Saiu e parou diante do capô aberto, com as mãos na cintura. Não conseguia tirar o sorriso da boca.

– Achou que podia comigo, é? Pois tome! – disse para o motor, que seguia roncando suave, e mostrou o dedo.

Acendeu um cigarro e olhou em volta, para ver se achava alguém com quem pudesse compartilhar a alegria do trabalho terminado.

Ninguém. Nem os cachorros. Onde tinham se metido? Voltou ao carro, meteu um braço por baixo do volante e desligou o motor.

Foi quando escutou o uivo, agudo e lastimoso, e sentiu um frio correr pela espinha.

Cachorro de merda. Belo susto. Mas o que deu nele para andar uivando a esta hora? Tesão?

Foi andando direto para casa. Agora, sim, ia se sentar, como Deus manda, e tomar todas as cervejas que encontrasse na geladeira. Nunca faltava. Como moravam longe do lugarejo, o sujeito da distribuidora vinha uma vez por semana e deixava três caixas cheias. Com o calor que fazia, era melhor estar bem provido. A cerveja era como a água de todo dia para o Gringo. Quando queria cair de porre, tomava uísque, mas a cerveja lhe bastava para andar tranquilinho e alegre.

Não era de se embebedar, raras vezes. Com os anos, o álcool deixava-o manhoso, briguento. Quando era jovem também, ficava briguento, mas naquela época podia levar na cara sem problema. Agora que estava velho, era melhor andar na linha. As brigas de bar já não são o que eram antes. Antes, quando a coisa descambava, resolviam tudo a murro, no máximo. Mas agora, qualquer sarnento metia chumbo e estourava os miolos dos outros, assim, sem mais, só de filho da puta que era.

Agora, quando queria tomar um porre, e às vezes queria, porque é uma beleza, ainda mais no começo, quando dá vontade de dançar de tão feliz, o Gringo ficava em casa, baixava uma garrafa de JB, uma das que ganhava da polícia, de vez em quando, como recompensa pelo trabalho, uma gorjeta, um prêmio, pela boa vontade. Puxava a mesa do caramanchão para fora, abria uma garrafa e só se levantava quando a terminava. Botava uns chamamés para tocar no gravador e chamava Tapioca para perto, para que se sentasse com ele. Não deixava o garoto tomar uísque, mas oferecia um ou dois copos de cerveja.

No começo, olhavam para as estrelas, em silêncio, no resto de silêncio que a música permitia. Viam passar um ou outro carro cheio de rapazes que iam rumo ao baile, quando era fim de semana; ou os caminhões que aproveitavam a fresca noturna para empreender a viagem; ou alguma lebre atrevida que cruzava a estrada, parava no acostamento e ficava olhando para eles por um instante, os olhos acesos. Depois, muito embora nunca lembrasse do que, o Gringo começava a falar sozinho. Tapioca seguia ali ao lado, firme como um soldado, mas era capaz que nem o escutasse.

Talvez recordasse os velhos tempos. De quando era jovem e forte feito um carvalho; das noites viradas nos bares, das confusões com as garotas. Era bonitão, as mulheres vinham se enroscar nele e ele se enroscava com várias numa noite só, para que nenhuma ficasse com inveja da outra. Agora, raramente tinha vontade. Os músculos todos eram mais frouxos, ficar de pica dura era um exercício que cada vez praticava menos.

Precisava de umas horas para zerar uma garrafa, só parava para andar uns metros e mijar fora do círculo da mesa. Tapioca trazia o gelo e também se levantava quando chegava a hora de trocar ou voltar a fita.

Depois de tomar o último gole, o Gringo caía de cara em cima da mesa. No outro dia, a manhã já avançada, acordava no catre, todo vestido.

Passou ao lado da velha bomba de gasolina e o Baio soltou um gemido, abandonando a posição de cachorro uivante sentado, e esticou as patas da frente, sacudindo as ancas.

– Mas o que foi, Russinho? Querendo namorar, é? – disse, acariciando a cabeça do cachorro e seguindo até a porta aberta.

18

Já escurecia quando o Gringo saiu de novo, vestindo uma camisa limpa e com uma garrafa de Quilmes gelada na mão.

Não haviam passado mais que alguns minutos.

– Que merda é essa? – disse ele, saindo de debaixo do caramanchão.

O céu estava coberto de nuvens cinzentas, gordas, pesadas. Repletas de vento e de raios e, no melhor dos casos, de chuva. Num piscar de olhos, o temporal tinha se armado.

Talvez ele trouxesse água, que fazia falta, e só por isso o Gringo não o dissipou como tinha aprendido com a mãe. E a chuva prometia ser feia. A mãe lhe transmitira o *segredo* antes de morrer. Em campo aberto, de cara para a tempestade, crava-se um machado na terra, formando uma cruz, três vezes seguidas, e no último golpe deixa-se o machado enfiado na terra. Pode parecer mentira para quem nunca viu, mas o céu se abre, a tempestade furiosa se transforma num vento revolto, passageiro. Então a tormenta toma distância, com o rabo entre as pernas, rumo a algum lugar onde ninguém conheça o *segredo*. Mas quem o possui deve também usá-lo com precaução. Pelas gretas abertas, a terra pedia a gritos por um pouco de chuva. Não era o momento de desviar o curso das coisas.

A natureza, pensava o Gringo, tem o *segredo* que acaba com todos os segredos que os homens possam conhecer.

Abriu a garrafa com o isqueiro e tomou um gole direto no gargalo. O vento fez redemoinhos na terra solta; começaram a passar saquinhos de nylon, pedaços de papel e galhos finos.

Em meio à poeira o Gringo viu o Reverendo, que vinha do acostamento num trote ligeiro. Os cachorros, um a um, foram aparecendo e se apertando embaixo da mesa, para que todos coubessem. Dez ou doze, já tinha perdido a conta dos cachorros que tinha. Só o Baio, o Russinho, ficou a seu lado, com a boca entreaberta, arreganhando os dentes para o céu cada vez mais negro, mais furibundo.

O Gringo teve vontade de soltar um *sapucay!* Fazia tempo que andava com os pulmões fodidos, sabe-se lá de onde tirou o fôlego e a força para fazer vibrar a tarde escurecida com o grito que soltou. O Baio, animado, acompanhou-o com um uivo comprido.

O vento revolvia os poucos cabelos do Reverendo. Ele veio chegando com a camisa já toda para fora das calças, panejando às costas, toda desalinhada pela força do vento, deixando à mostra a barriga branca e peluda.

O Reverendo sorria, tinha suas razões secretas para agradecer a Deus por aquele temporal. O Gringo, alegre, passou um braço por cima de seus ombros e lhe ofereceu a garrafa.

Sem melindres, Pearson bebeu no gargalo e os dois ficaram ali, de frente para a tempestade que chegava ressoando como um animal gigantesco, úmido e tremendo.

Então surgiram Tapioca e Leni, dois magricelas caminhando a duras penas contra o vento, os olhos e a boca cheios de terra, mas sorridentes; os cabelos da garota eram um desastre, a saia levantada mostrava o começo das coxas, pálidas e firmes.

Foram recebidos pelo abraço dessa barreira humana que se formava contra a tempestade incipiente. Os quatro ergueram o rosto para o céu. Não havia nada melhor a fazer naquela altura.

Quanto tempo durou? Vá saber. Foi um momento único e completo, quando todos foram um só. A garrafa passou de mão em mão até se esvaziar. Leni até deu um beijo no pai, sem que ele se opusesse.

Começaram a cair as primeiras gotas, duras e frias. A essas, seguiu-se uma saraivada, e o batalhão de infantaria correu para se refugiar embaixo do caramanchão.

19

A chuva começou a cair com uma intensidade avassaladora. O caramanchão, construído com folhas e galhos, gotejava de um lado a outro, e as furiosas rajadas de vento traziam água pelas laterais também. Mesmo assim, os quatro ficaram por mais um momento fora da casa, olhando a chuva cair, vendo como as gotas mal chegavam a tocar o chão e já eram absorvidas pela terra sedenta. Seria preciso umas duas horas de chuva até que o barro começasse a se formar.

Leni abraçou o próprio corpo. Nem bem a temperatura caíra e num instante ela estava com a roupa empapada, a ponta dos cabelos gotejavam sobre suas costas. Não lembrava de um temporal assim. Os relâmpagos iluminavam o céu com chicotadas azuis e davam aos arredores uma aparência espectral.

A uns quinhentos metros, no meio do campo, um raio caiu sobre uma árvore, que ficou um bom tempo ardendo, com chamas alaranjadas que resistiam à chuva.

Era um espetáculo bonito. Às vezes a chuva ficava tão espessa que a cortina d'água não deixava ver a velha bomba de gasolina, a apenas alguns passos de onde estavam.

Os quatro ficaram em silêncio, cada um ocupado com seus próprios e secretos pensamentos. Até que o Gringo disse, com voz rouca:

– Vamos entrar.

A tempestade tinha cortado a eletricidade, de modo que ele foi à frente iluminando o caminho com a chama do isqueiro, que titubeava contra o vento, e procurou um pacote de velas. Acenderam umas quantas e distribuíram-nas pelo cômodo. Tapioca trouxe algumas cadeiras de plástico, secou-as, e todos se sentaram ao redor da mesinha da cozinha.

Uma goteira começou a pingar no meio do cômodo; puseram uma panela embaixo. Dava para ouvir nitidamente o ruído metálico e periódico, apesar do barulho que o resto da chuva fazia sobre o teto de zinco.

Os cachorros tinham se acomodado embaixo de um dos catres, menos o Baio, estirado junto à porta.

– Vai ser uma longa noite – disse o Gringo.

Tirou da geladeira uns fiambres, um pouco de queijo e de pão. Tapioca trouxe uns copos e uma coca-cola para ele e Leni. Os mais velhos tomaram cerveja. Comeram calados. A excitação da tormenta deixara-os famintos. À comunhão que se dera lá fora, sob a intempérie, seguia-se, dentro de casa, a introspecção.

O Reverendo sequer sugeriu que abençoassem os alimentos. Comeram como se voltassem de uma jornada dura de trabalho. Mesmo Leni, em geral inapetente (quanto esforço o pai não teve que fazer para lhe meter alguma coisa na boca logo depois que abandonaram a mãe!), comeu como os homens, contagiada pela voracidade do temporal.

Quando deram cabo de tudo que havia e se deram por satisfeitos, Leni juntou as coisas – um par de tábuas de cortar, as facas – e limpou as migalhas com um trapo. O Gringo acendeu um cigarro, e ela, compenetrada no papel de única mulher da casa, trouxe, diligente, um cinzeiro limpo.

Propôs que jogassem baralho, se bem que não soubesse nenhum jogo. Tapioca baixou de cima do armário uma caixa de sapatos. Dentro havia um maço de cartas, dados, um copinho e uma pilha de fotos. Brauer e o Reverendo disseram que jogassem sozinhos. Pearson, é claro, desprezava os jogos de azar, mas decidiu fazer vista grossa naquela noite. O Gringo tinha razão: seria uma noite longuíssima e era melhor que os garotos se distraíssem de algum modo, até que o sono chegasse.

Leni e Tapioca acomodaram-se num dos catres, um sentado em cada ponta e a caixa de sapatos no meio.

O Reverendo e o Gringo ficaram sentados junto à mesinha, um de frente para o outro, os joelhos quase se roçando.

Não se via nada pela janela entreaberta. Tudo estava completamente negro, exceto nos instantes em que fulguravam os relâmpagos. Mas também nessas horas não se via nada. Tudo ficava completamente branco. O pior da tempestade elétrica já passara: aos flashes azuis seguia-se o rugido apagado dos trovões. O vento também amainara, mas a chuva persistia, densa, forte. A terra começava a saciar-se, depois do longo verão de seca, e agora regurgitava, formando poças d'água.

O Gringo, que parecia estar em outro planeta desde que terminara de comer, sacudiu a cabeça e disse:

– Já lhe disse que pus o seu carro para funcionar?

– Não. Que boa notícia.

– Pois é. Pena que não terminei antes que o tempo descambasse.

O Reverendo sorriu.

– Bem, mais vale pensar que não seria nada bom ser pego pelo temporal no meio da estrada.

– Isso é verdade. A coisa ficaria feia.

– Viu por que lhe digo que o Senhor sabe por que faz as coisas do jeito que faz?

– Não vamos começar a falar de Deus, Pearson – disse o Gringo, movendo suavemente a cabeça. – Me faltam dedos para contar os casos em que você não teria como me explicar por que Ele faz as coisas do jeito que faz.

– Está bem. Você com as suas ideias.

– Isso mesmo. Eu com as minhas ideias e você com as suas.

O Reverendo deu um golezinho do copo. Agora que o outro começara a falar, não queria que o diálogo se interrompesse.

– E afinal, o que tinha o carro?

O Gringo se riu.

– Não faço a menor ideia. Meti tanto a mão que acabei fazendo um motor novo, do nada. Às vezes, a mecânica é tão misteriosa quanto os caminhos do seu Cristo – disse ele, zombeteiro.

O Reverendo voltou a sorrir.

– Escute, Brauer, e o que você fazia antes de se dedicar à mecânica?

O Gringo acendeu mais um cigarro e se encostou no espaldar da cadeira. Soprou a fumaça para cima. Não estava acostumado a falar de si mesmo. As conversas que mantinha com outros homens eram atuais, puro presente, e quando surgia alguma lembrança, ela vinha porque era compartilhada, do tipo: lembra daquela vez? Homens como ele não falam das próprias coisas com ninguém. Nem mesmo naqueles momentos em que baixam a guarda, quando estão na cama com uma mulher. Ele não falava dos seus assuntos com ninguém. Quando está bêbado, pode até ser, mas o único que o escuta nessas horas é Tapioca, que, com a convivência, foi se convertendo em parte dele mesmo. Falar com o garoto era como falar consigo.

Mas aquela noite era diferente. Estavam ali, presos pela chuva. E o outro queria conversar. E era bom que fosse assim. Se não, ficariam ali, se estranhando como dois cachorros, olhando-se de esguelha. Estava procurando conversa. Não parecia mau sujeito. Por mais que estivessem em caminhos distintos.

– Na hora do serviço militar, acabei em Bahía Blanca, nunca tinha sentido um frio daqueles, imagine, deste lado do inferno para o outro extremo. Antes, tinha trabalhado com o meu pai. Tínhamos uma pensão, em Villa Ángela, diante da estação de trem. Trabalhávamos vinte e quatro horas por dia. E, na época da colheita, era ainda pior. Não parávamos.

Dormíamos em turnos. Meu pai, minha mãe e eu, que sou filho único, mais algum empregado, que estava sempre rodando, porque não tínhamos sorte: por melhor que fosse, o recém-chegado logo dava para gostar de beber. Também, com tanta coisa à disposição! Meu pai ficava no caixa, minha mãe cozinhava, e eu e o empregado de serviço atendíamos as mesas, despachando as bebidas. Eu trabalho desde o dia em que pude com o peso de uma garrafa. Minha mãe sempre quis uma menina, para ter ajuda na cozinha, mas não teve sorte, coitada. Depois que eu nasci, não pôde mais ter filhos. Sempre teve vontade de trazer para casa uma moleca qualquer e criá-la como se fosse sua. Nessa época os boias-frias vinham com a família, todo mundo trabalhava nos algodoais, qualquer um teria dado uma filha para criar. Muitas mulheres de posses que não podiam ter filho faziam esse tipo de combinação. Mas meu pai nunca deixou. Dizia que o sangue vai atrás do sangue e que, quando a gente menos esperasse, a garotinha voltaria para a família, por melhor que estivesse conosco.

– E você, acredita nisso também? – interrompeu o Reverendo, talvez pensando em Leni e na ex-mulher.

– Em quê?

– Que o sangue vai atrás do sangue.

O Gringo pensou em Tapioca, no que a mãe lhe dissera quando o deixou.

– Não sei. Acho que cada um é dono do próprio destino e que sabe por que faz o que faz.

O Reverendo balançou a cabeça e olhou para o Gringo.

– Quer dizer que tinham uma pensão e que você trabalhava com eles – disse, retomando o tema.

Brauer parou e trocou a garrafa vazia por uma cheia.

– Isso mesmo. Até os dezoito, quando veio o serviço militar. Aí a minha vida mudou. Nunca tinha saído do lugar. Não tínhamos nem tempo para pescar. Mas a verdade é que vi de tudo na pensão. Porque não vinham só os peões. Minha mãe cozinhava muito bem, ficávamos abertos o dia inteiro. Assim como vinham os peões, vinham também os engenheiros da ferrovia, da processadora, os donos de terra, os índios que vinham mamar assim que juntavam duas moedas. O álcool põe todo mundo no mesmo nível, sabe? Uma vez, começaram a brigar dois engenheiros que trabalhavam para a Chaco. Os gringos mamavam uísque feito esponja. Um uísque que era querosene puro, garanto. A gente contrabandeava do Paraguai, imagine só. Os dois chegaram amigos e começaram a beber. Falavam lá na língua deles, nós não entendíamos nada. Uma hora, vá lá saber por que, começaram a discutir. Meu pai nunca se metia, só quando a coisa ficava preta. Mas esses gringos não deram tempo a ninguém. De repente, um deles sacou um revólver e mandou ver na cabeça do outro. Nessa noite, como sempre, toda a gente do lugar estava de porre, mas juro que todo mundo ficou sóbrio de repente. Ficaram brancos, sentados nas cadeiras. Pareciam fantasmas. Até a brasa dos cigarros ficou onde estava. O gringo que tinha disparado começou a tremer feito uma folha seca, queria levar o cano até a boca, mas a tremedeira não deixava. Meu pai veio e desarmou o sujeito. Levou-o até a porta e deu um empurrãozinho. Vá, mister, vá para casa e veja o que faz, ele disse. Depois entrou e me mandou até a delegacia. Fui de bicicleta. Vai parecer meio selvagem o que vou dizer, mas eu estava emocionado, me sentindo importante com a missão. A polícia veio e levou o corpo. Ninguém fez perguntas. Minha mãe limpou a mesa dos gringos e os miolos que tinham se espalhado pelo piso. Meu pai disse: "A casa convida para a próxima rodada, para ver se a alma volta ao corpo de todo mundo". Em cinco minutos, tudo estava esquecido e a noite seguiu em frente, como devia ser. Beberam até mais que de costume, acho que para celebrar que, dessa vez, não tinha sido com eles.

O Gringo riu sozinho. O Reverendo terminou o copo e o empurrou com a mão, para que o outro o enchesse.

– Bem, agora é a sua vez – disse o Gringo, entusiasmado; afinal de contas, não era tão ruim compartilhar lembranças. – Quantos homens você viu morrer?

O Reverendo encostou os lábios na beira do copo e sorveu um pouco da espuma algodoada, fazendo um barulhinho imperceptível sob o repicar da chuva contra as chapas. Depois passou a mão no rosto, áspero nas faces em que começava a se insinuar a barba do dia.

– Muitos. Mas todos na cama – disse, e os dois sorriram.

Pearson bebeu mais um gole e agora sim, aberto um sulco na trincheira de espuma, drenou o líquido.

– Se bem que, quando era criança, vi um enforcado.

O Gringo inclinou o torso para a frente, interessado na história.

– Quando eu era criança, morava com a minha mãe e com os meus avós, na casa deles. Meu pai nos abandonou antes que eu nascesse. Para lá do pátio, nos fundos da casa, havia um quartinho com um banheiro, que o meu avô tinha alugado para um conhecido dele. Um homem mais velho, sozinho, sem família. Um solteirão. Tinha sido marinheiro, tinha uma boa aposentadoria, mas, por conta da história de viver embarcado, não tinha formado família. Morava ali. Não tínhamos muito contato. Ele entrava e saía. Tinha uma vida fora de casa. Saía muito à noite e dormia de dia. Suspeito que era jogador. Eu sentia uma atração por aquele homem tão mais jovem que o meu avô, uma figura mais próxima, pelo menos em idade, que podia ter sido meu pai. Mas o homem não queria saber de crianças, não me dava bola. Anos depois, fiquei sabendo que meu pai também tinha sido marinheiro, acho que eu via alguma conexão por aí. A verdade é que eu sempre encontrava alguma desculpa para ir até o quartinho dele. Nem que fosse só para irritar: começava a chutar a bola contra a parede, até que o homem saía, de pijama no meio da tarde, com os cabelos desgrenhados, me mandando sabe Deus para onde. E eu me dava por satisfeito, imagine só. Mas às vezes era a minha avó que me mandava lá. Quando preparava alguma coisa especial na cozinha, ela sempre fazia um prato a mais para ele e me pedia para levar. Um dia, minha avó fez um guisado que ele adorava e me mandou com um prato para o inquilino. Depois, nos demos conta de que fazia alguns dias que não o víamos nem sentíamos o cheiro de colônia inglesa que ele deixava no corredor cada vez que saía. Fui com o prato quente nas mãos e bati várias vezes à porta. Como ninguém atendia, girei a maçaneta. A porta não estava fechada à chave, empurrei com o ombro. O quarto estava escuro, as persianas fechadas. Assim que entrei, senti um cheiro doce e repugnante ao mesmo tempo, um cheiro irreconhecível. Apoiei o prato de comida na primeira superfície que encontrei, tateando. E, sempre tateando, encontrei o interruptor. A primeira coisa que vi, à altura dos meus sete anos, foram os sapatos, feitos sob medida, brilhantes; fui subindo a vista: as calças do terno, a camisa de seda metida para dentro, o paletó, o lenço no bolso, a corda no pescoço. Por alguma razão, não continuei olhando para além do nó, voltei aos ombros, relaxados, os braços soltos, os punhos da camisa, com as abotoaduras de brilhante, caindo por cima das mãos cheias de veias. Retrocedi dois ou três passos e saí para o pátio, para tomar ar. Sabia e não sabia o que estava acontecendo. Sabia, mas não sabia como ia contar. O mais estranho é que voltei para casa e me sentei à mesa e comi tudo o que me puseram no prato. Quando terminei o último bocado, vomitei tudo no chão. Quando terminei de vomitar, eu disse para o meu avô: pode ir lá que ele está morto.

Pearson terminou a história e bebeu vários goles seguidos. Sentia a boca seca e as faces ardentes. Não pensava naquele episódio fazia muito tempo, sabe Deus quanto. Talvez só o tivesse contado uma vez, para a mãe de Leni, quando eram namorados, só para impressionar.

O Gringo também estava impressionado. Como se ver um homem morrer ao vivo e em cores fosse menos espetacular que encontrar um que tinha tirado a própria vida. Com certeza eram sensações distintas, por mais que a pergunta fosse a mesma: por que o solteirão se enforcou, por que o engenheiro matou o outro engenheiro? E o que é a morte senão uma só e mesma coisa, vazia e obscura, pouco importando o braço que a executa?

20

Tapioca tentou ensinar a Leni um jogo simples com o baralho espanhol. Mas ela se interessou imediatamente pelas fotos que estavam dentro da caixa. O que pode haver de divertido num monte de fotos de gente que você nem conhece? O jeito que as mulheres têm de se divertir parecia um universo estranho para Tapioca.

Exceto por umas quatro ou cinco em que ele e o Gringo apareciam no Bermejito, não sabia explicar as outras. Fotos amareladas, com parentes mortos do Gringo Brauer. Uma foto de um molequinho que podia ser o patrão, quem sabe.

Leni pegou a foto, olhou para ela e olhou para Tapioca. Não podia ser ele, porque a foto tinha mais de quarenta anos, mas tinha um ar de família.

O Gringo e seu pai conversavam com animação. Leni ficou de orelha em pé, mas, com a chuva fazendo um barulhão e os dois falando baixinho, não pescou nada. Uma história de bêbados, um enforcado. No final das contas, parecia que os dois estavam se entendendo.

Nunca tinha visto o pai assim. Bebendo e conversando, relaxado, sem falar de Jesus a cada dois minutos. Era simpático ver o pai falando com um sujeito comum, silvestre. Mas o que diria o Reverendo Pearson se os visse agora?

Na maior parte do tempo, era com o pai que ela vivia. Mas o Reverendo não aprovaria aquela reunião, de jeito nenhum. O Reverendo Pearson já teria convertido Brauer. Mas o pai não, o pai sozinho não conseguiria.

– Senhor Brauer – disse ela, repetindo o chamado até que o homem virasse a cabeça. – Este aqui é o senhor? – perguntou, mostrando a pequena fotografia.

É claro que, na penumbra e à distância, ele não distinguia nada.

– Deixe ver – disse ele, fazendo um gesto com o braço para que Leni se aproximasse.

Ela deixou o resto das fotos na caixa e foi até a mesa. O Gringo pegou o retângulo de papel grosso e aproximou-o da vista.

– Sou eu. Aqui eu devia ter uns quatro anos – disse e passou a foto para Pearson, que a espiou e sorriu com ternura.

– É estranho pensar que a gente já foi moleque um dia – disse o Gringo, acendendo um cigarro.

– Nos últimos tempos, penso muito em quando era criança – disse Pearson.

– Nunca vi uma foto sua de criança, pai.

– Ah, nem sei, deve haver alguma por aí.

– E minha também não, pensando bem.

– Nunca fui muito de fotografia.

– Não vá me dizer que tem medo que lhe roubem a alma – disse o Gringo, zombando.

O Reverendo sorriu e encolheu os ombros.

– Você não tem fotos minhas, pai?

– Devo ter, Leni, amanhã nós vemos.

Leni voltou a se sentar no catre. Se havia fotos suas, se conseguisse encontrá-las, talvez estivesse com a mãe numa delas. Então já não teria que ficar preocupada por quase não lembrar de seu rosto, Leni a teria sempre ali, poderia recuperá-la sempre que a memória estivesse a ponto de se evaporar.

– A maior parte dessas fotos era da minha mãe. Quando ela morreu, eu trouxe tudo para cá, acho que essa é a mesma caixa em que ela guardava tudo. Na maioria, não sei quem são essas pessoas. No fim, a única coisa que importa é o que a gente leva bem aqui – disse o Gringo, tocando a testa com um dedo.

Ficaram calados por um instante. O barulho da chuva, de tão persistente, convertera-se numa parte do silêncio.

Pearson pensou que chegara o momento de dizer o que queria dizer. E o disse em voz bem alta, para ter certeza de que não fosse ouvido apenas pelo Gringo.

– Sabe, Brauer, eu gostaria que o Tapioca viesse conosco até Castelli.

Tapioca, que jogava uma partida de paciência, levantou a cabeça ao ouvir o próprio nome.

– Até Castelli? E o que tem para fazer com o Tapioca em Castelli?

– Seriam só uns dias. Só para conhecer.

– O Tapioca já conhece Castelli. Fomos um montão de vezes. Não é, garoto?

– O quê? – perguntou Tapioca, fazendo-se de desentendido.

– Que fomos várias vezes até Castelli.

– Sim.

– Melhor ainda. Vai poder mostrar o lugar para a Leni.

– Vamos lá, Pearson, que conversa é essa?

Acendeu mais um cigarro e bebeu o que restava no copo.

Agora Pearson falou em tom mais confiante, baixando a voz para que apenas Brauer pudesse escutá-lo.

– Veja bem, minha filha é uma garota difícil. Não estamos nos dando muito bem. Deve ser a idade, deu para ser rebelde comigo. Está sempre de cara amarrada, como se estivesse me criticando por alguma coisa. Fez amizade com o Tapioca. Acredite em mim, nunca se dá bem com ninguém. Acho que a companhia do rapaz faria bem para ela. Já lhe disse, nunca vi um coração tão puro quanto o dele.

O Gringo riu devagarinho, mexendo a cabeça. Desviou o rosto, soprou a fumaça para cima. Depois, empurrou a cadeira para trás com um impulso do corpo, os pés de plástico rasparam contra o cimento do piso. Levantou-se e foi pegar outra cerveja na geladeira. Procurou às apalpadelas embaixo da pia e pôs mais garrafas no congelador. Ato bastante inútil, pois a eletricidade continuava cortada. Mas ainda havia algum gelo colado às paredes, daria para esfriar um pouco.

Algumas velas já tinham se consumido e a chama das outras vacilava, perto do toco. Abriu mais um pacote, sempre tinha uma boa reserva para esses casos. Volta e meia faltava luz na região. Acendeu várias velas e cravou-as sobre o resto de cera das primeiras. A luz amarelada subiu rápido.

Brauer espiou pela janela. Ainda chovia, mas o temporal seguira seu rumo. Deixou uma folha aberta. Já não ventava, só uma brisa fresquinha. Com a lufada, as velas oscilaram por um momento, mas depois seguiram firmes.

O ar começou a se renovar. Só então se deram conta de que fazia calor dentro do cômodo. As roupas tinham secado, mas conservavam a umidade pegajosa do encerramento.

Brauer encheu os copos novamente. De sua parte, a conversa estava terminada.

Mas Pearson não estava disposto a deixar as coisas por isso mesmo.

– A companhia do Tapioca faria um grande bem à Leni.

– Temos muito trabalho por aqui, Pearson.

– Serão apenas dois dias. Eu prometo. Eu o trago de volta na terça-feira de manhã.

– Não. Não vai ser possível.

Tapioca ficara à espera que o incluíssem de novo na conversa. Leni continuava repassando as fotos, mas também acompanhava com atenção o que acontecia na mesa.

– Para ele também seria bom, Brauer. Vai conhecer garotos da idade dele, conviver com eles. É um ambiente muito sadio. Seriam umas férias curtinhas.

– Um lugar cheio de moleques evangélicos, falando em Jesus a torto e a direito. Deixe de conversa fiada, Pearson.

– Eu podia ir. Se você deixar, Gringo – balbuciou Tapioca lá do catre.

Brauer fez ouvidos surdos. Nem se virou para encará-lo.

– Viu? – disse o Reverendo, com um leve sorriso.

O Gringo pegou a garrafa e saiu para o caramanchão.

21

Atrás dele veio o Baio. Estirou-se sobre as patas da frente, sacudiu o lombo e deixou escapulir um pequeno bocejo, que soou como um queixume. Depois, sentou-se no chão molhado.

O Gringo deixou a garrafa em cima da mesa cheia de água e pôs a cabeça para fora do teto. Continuava chovendo. A chuva perdera o brio das primeiras horas. Caía do céu com monotonia, como quem faz o que tem de fazer, sem paixão. A cada tanto, fulgurava ainda algum relâmpago, débil e sem som.

A tempestade devia estar agora para os lados de Tostado, ou quem sabe até mais longe, mais para o sul, mais rápido do que qualquer carro moderno. Provavelmente chegara com menos força também. Como se aos poucos se gastasse com a distância percorrida.

No dia seguinte, não falariam de outra coisa no rádio. Ranchos pelos ares, semeaduras destroçadas, animais mortos, vítimas humanas também, com certeza. Sempre morria alguém quando um poste de luz caía e os cabos se partiam, sempre havia algum cristão que estava no lugar errado no momento menos indicado. E, mais para o norte, algum rio teria extravasado, haveria enchentes. Era sempre assim por aqui. Primeiro o castigo da seca, depois o castigo da chuva. Como se aquela terra não parasse de fazer merda e tivesse de ser castigada o tempo todo. Não afrouxava nunca.

O Gringo tomou um gole no gargalo e respirou fundo. Enfim, um pouco de ar puro, sem aquela terra seca, o tempo todo em suspensão. A terra entrava pelas fossas nasais e pelos pulmões. Por isso ele vivia com os pulmões podres, de tanto respirar aquele pó de gente morta.

À luz suave de um relâmpago, Brauer viu o asfalto brilhante, as copas das árvores lavadas, feito recém-nascidas; até os esqueletos dos carros pareciam peças novas, prontas para sair rodando de novo pela estrada.

Mas não era o caso de se iludir. De manhã, tudo estaria igual. O sol ardente logo apagaria toda lembrança da chuva.

Sentiu saudade. Na escuridão úmida, viu-se ainda jovem, levantando um trator com a força dos braços ou arrastando-o por vários metros, puxando uma corrente grossa feito a sua perna, arrastava-o quase como se fosse um brinquedo de criança, fácil assim. Lembrou-se do quartel, cinquenta rapazes dormindo num barracão que fedia a macho jovem. Em poucos anos mais, seria um velho. Não podia fazer nada a respeito, por menos que gostasse da ideia.

– Brauer.

Sobressaltou-se com a voz de Pearson.

– Escute, por favor. Preciso que entenda.

– Entender o quê? Por que não deixa a gente em paz?

– Você não sabe o tesouro que há nesse rapaz.

– Tesouro!? Do que está falando, Pearson? O Tapioca é um bom garoto. Estamos de acordo. É um bom garoto e amanhã será um homem de bem. Não tem nenhum mistério nisso. Ou tem? Agora que você diz, pode ser que sim, pode ser que pareça uma coisa fora do comum para quem não é de bem. Talvez você não seja um sujeito tão bom assim como quer parecer, Pearson.

– O Tapioca é muito mais que uma boa pessoa. É uma alma pura. Esse rapaz está destinado a Cristo.

– Deixe de besteira.

– Estou falando a verdade. Acredite, por favor. O rapaz está predestinado a grandes coisas.

– Grandes coisas? E o que você acha que são as grandes coisas, Reverendo? A grande coisa é você? Você se acha grande coisa, não acha? Pois está mijando fora do penico.

– Há destinos maiores que os nossos, Brauer.

– O seu carro está pronto. Assim que amanhecer, daqui a pouco, quero que você vá embora daqui. Se não fosse a sua filha, eu já teria posto você para correr de quatro faz tempo.

– Escute. Eu era um rapaz feito o Tapioca. Eu era bom, Brauer, mas fui me perdendo pelo caminho por não ter um guia. Cristo é meu guia, mas às vezes eu não soube entender o que Ele me dizia, porque era burro, porque era jovem, porque estava sozinho. Todo mundo a quem confiei minha vida acabou por me abandonar. Queriam outra coisa de mim. Quando vi o Tapioca, eu me vi há quarenta anos. De repente entendi que, na verdade, o destino que Jesus preparou para mim era encontrar esse rapaz e salvá-lo.

– Salvar? Deixe de besteira. Você está de porre, Reverendo.

– Não. Você não me entende. José também criou Jesus, mas soube deixá-lo ir na hora certa. Estou pedindo que tenha a mesma generosidade. Você não tem nem ideia do destino que espera esse rapaz. Você vai pôr tudo a perder.

– Vá à merda – disse o Gringo, levantando o braço para beber mais um gole.

Então Pearson segurou-o pelo ombro. Num ato reflexo, o Gringo deu-lhe um empurrão com a mão livre e acertou o peito do Reverendo, que tropeçou e caiu sentado. O Gringo largou a garrafa, inclinou-se e o agarrou pela gola da camisa. Sua primeira intenção foi de ajudá-lo, mas assim que o pôs em pé, voltou a empurrá-lo e o jogou para baixo da chuva.

O Reverendo ameaçou cair de novo, mas conseguiu manter o equilíbrio. Sem pensar no que fazia, cerrou os punhos e pulou para cima de Brauer. A reação pegou o Gringo desprevenido, ele escorregou no barro e os dois caíram no chão, um em cima do outro. Brauer tentou se erguer metendo as mãos no peito do outro, para livrar-se dele, mas o Reverendo o puxava pelos cabelos. Brauer viu a cara descomposta de Pearson colada à sua, sentiu o hálito quente do álcool.

– Briga feito mulher – disse ele, fazendo pouco do outro, muito embora continuasse com a cabeça meio metida no barro, sem conseguir se safar.

O Reverendo soltou os cabelos de Brauer, envergonhado, e sentou-se a cavaleiro nos quadris do Gringo, tratando de tomar impulso para arremeter com um murro. O momento de descuido foi suficiente para que Brauer o empurrasse, livrando-se facilmente, como de uma penugem.

Agora sim, o Gringo se emputeceu. Deixou-se afundar no pântano do pátio até que os pés chegassem à terra firme. Ficou a postos.

A dois metros, o Reverendo fez o mesmo.

– Vamos – disse o Gringo, chamando o outro com um dedo da mão, zombando, provocando. – Estou esperando.

Pearson via tudo vermelho. Correu na direção do adversário. Nunca brigara na vida, de modo que não tinha nenhum plano. O outro recebeu-o com um cruzado na mandíbula. O cérebro pareceu pular dentro do crânio de Pearson.

Agora via tudo branco e, depois, quando veio o murro no estômago, tudo negro.

Quando abriu os olhos, não sabia quanto tempo tinha passado. Viu Brauer inclinado por cima dele, o cabelo respingando de água. Parecia preocupado. Pearson sorriu, ao mesmo tempo que levantava os dois braços, com a força de uma grua, e o agarrava pelo pescoço. O Gringo se jogou para trás, tentando libertar-se da tenaz, e esse mesmo impulso pôs o Reverendo em pé. Atacou-o nos rins, uma zona especialmente sensível para o Reverendo. A onda de dor fez com que soltasse os dedos e liberasse o Gringo, que deu uns passos para trás, massageando o cangote com as mãos.

Brauer pôs a língua para fora e sugou a água que corria pelo bigode. Deu uma risada.

– Cadê Cristo agora, que não vem salvar você?

– Não seja tolo – disse o Reverendo num soluço. – Isso não faz o menor sentido. O Tapioca virá comigo, você goste ou não.

Ouvir o nome do enteado na boca do outro reavivou a fúria do Gringo. Inclinou o corpo, correu e derrubou Pearson com uma cabeçada. O esforço da briga provocou-lhe um acesso de tosse. Começou a tossir como um possesso, soltando catarro e baba pela boca, tentando levar um pouco de ar aos pulmões. Dobrado em dois, segurando a barriga com uma das mãos, aproveitou o último resto de força para esmurrar as costelas do Reverendo. Depois caiu de lado, tossindo. Apoiou-se num braço para não se afogar no lodo e continuou tossindo até que o corpo foi se acalmando. Então largou-se no chão, de boca para cima, ao lado do Reverendo, que continuava quieto, com os braços junto às costelas.

22

Tapioca e Leni saíram assim que começou a briga, alarmados pelos latidos do Baio, que ficara parado embaixo do caramanchão, sobre as quatro patas. Estava com os pelos do lombo levemente eriçados, mas não se intrometera a favor do dono. Ficara onde estava, nervoso como um espectador de boxe que sabe que, por mais que queira, não pode subir no ringue e mudar o curso da luta. Só lhe restava torcer com seus grunhidos por um dos boxeadores e dar corridinhas curtas, de um lado para o outro do caramanchão, mas sem sair de debaixo do teto de folhas, sem pisar no barro.

Leni e Tapioca também não intervieram.

Ela cruzou os braços, muda, e observou o desenrolar da briga. Como quem assiste a uma luta preliminar, sem interesse, sem desperdiçar energias num espetáculo medíocre, guardando o fervor para a hora em que subam ao quadrilátero os campeões de verdade. Mesmo assim, em algum momento, começou a chorar. Só lágrimas, sem nenhum som. Água caindo de seus olhos como a água que caía do céu. Chuva perdida em meio à chuva.

Tapioca enfiou as mãos nos bolsos das calças. Estava alterado, apoiava-se ora num pé, ora no outro. Temia que o Gringo e o Reverendo se machucassem. Mas sabia que não podia se meter. Aquilo ia além dele, por mais que ele fosse o pretexto. Na verdade, era coisa deles, não tinha nada a ver com ele. No fundo, não queriam saber o que ele queria.

E o que ele queria, apesar do Gringo, tinha a ver com o que o Reverendo prometia. E não porque ele tivesse prometido, mas porque a ordem vinha do íntimo de Tapioca. Era a voz que o chamava para o lado de Cristo. A mesma que ele escutara nas entranhas da mata e durante a noite, no catre, enquanto o Gringo dormia e ele ficava de olhos abertos. Aquela voz que só agora ele sabia interpretar.

Tapioca, Leni e o cachorro observaram a troca de golpes, os escorregões no barro, as vacilações dos reflexos embotados pelo álcool e pela falta de treino. Viram os dois caídos no chão, olhando para o céu que ia clareando, para o dia que despontava atrás dos véus da chuva.

A essa altura, a chuva caía preguiçosa, mais uma garoa intensa que uma chuva de verdade.

Leni passou as duas mãos pelo rosto e saiu para o pátio. O Baio veio atrás, devagar, com os músculos ainda duros de tanta tensão. Mexeu o rabo de leve e lambeu o rosto do dono, que levantou a mão cheia de barro e acariciou o pelo limpo do animal. Tapioca também veio atrás e ajudou Leni a levantar os dois homens.

Dentro da casa, Leni pôs a chaleira no fogo. Estava tão fula que ficou de braços cruzados, em pé, dando as costas aos outros, fitando a chama azul do fogão. Mordia os lábios, as narinas tremelicavam. Quando a água ferveu, o assobio trouxe-a de volta. Passou uma das mãos na testa e começou a abrir uns potes, procurando o café.

– Aqui – disse Tapioca, estendendo um frasco.

Leni jogou um pouco dentro de uma panela e verteu água quente. A cozinha foi imediatamente tomada pelo cheiro do café fresco.

A chuva caía suave, já quase esgotada.

O Gringo Brauer e o Reverendo estavam arriados nas cadeiras, com as roupas molhadas e cheias de barro. Os hematomas ainda não tinham aparecido, mas o corpo já doía a valer. Não estavam para essas estrepolias.

Pearson averiguou as costelas, no ponto em que levara o último murro do Gringo; não havia nenhum osso quebrado, mas sentia uma pontada quando respirava fundo. Estava com o lábio inchado e não fazia a menor ideia de aonde tinham ido parar os óculos. Começou a desabotoar a camisa, vagarosamente.

Tapioca trouxe uma toalha para cada. O Reverendo se cobriu; achava impróprio estar seminu diante da filha. Tampouco se orgulhava do espetáculo que tinha dado lá fora, Deus saberia desculpá-lo. Mas Leni não, ela mal olhava para o pai. Melhor assim: podia adivinhar o desprezo nos olhos dela, mas não estava certo de poder suportá-lo, não agora.

Ouviram nitidamente o rangido do isqueiro, tal era o silêncio dentro e fora. O cheiro do tabaco misturou-se ao do café que Leni servia em cumbucas.

Tapioca pegou a ponta de uma toalha que o Gringo pendurara nos ombros e começou a enxugar os cabelos do patrão, com esfregadas rápidas e firmes. Brauer sentiu-se velho ou talvez criança de novo, o que é parecido, se bem que ser velho não traga consigo nenhuma ilusão, nenhuma possibilidade. Nunca pensara em como terminariam seus dias; fora sempre um homem de ação, do aqui e do agora, nunca se preocupara com o dia de amanhã. A aparição de Tapioca em sua vida talvez o tivesse despreocupado com o assunto. Não sabia. Mas agora que o garoto lhe esfregava a cabeça com a toalha, que ele se sentia apequenado pelos cuidados de Tapioca, Brauer percebeu que o garoto já era um homem e tinha direito a fazer o que bem quisesse, como ele o fizera quando tinha a mesma idade. Não podia se opor ao curso das coisas, isso ele sabia muito bem.

– Vou para Castelli – a voz de Tapioca soou rija.

O Gringo assentiu.

Pearson sorriu consigo mesmo e tomou um gole do café quente e amargo. Cuidado, cuidado, pensou, a soberba é um pecado tentador.

– E eu fico aqui – a voz de Leni soou zombeteira e alterada. Os três olharam para ela, que ficou ruborizada. Não sabia por que dissera uma coisa daquelas. Estava com muita raiva, queria castigar o pai e disse a primeira coisa que lhe ocorreu. Agora não podia voltar atrás, de modo que ergueu a cabeça e repetiu:

– Eu fico aqui... por uns tempos.

De repente, lembrou-se da mãe correndo atrás do carro feito um cachorro abandonado. Naquela vez, o Reverendo Pearson, seu pai, tinha acelerado sem nem olhar para trás pelo retrovisor para ter uma última visão daquela que fora sua esposa e mãe de sua filha. Leni sabia que ele poderia fazer tudo aquilo de novo, com ela, e teve medo.

– Não diga besteira – ele a cortou, seco.

– É isso, garota, aqui você não pode ficar. Eu não tive... – começou e se calou o Gringo. Não tive filhos para não ter problemas, estava para dizer. Mas nunca soubera que história a mãe contara para Tapioca, não sabia se o rapaz sabia e se fazia de desentendido, por discrição. É melhor calar a boca, Gringo, é melhor não entornar ainda mais o caldo. – Aqui só tem lugar para mim e para os cachorros – disse ele em voz bem alta, olhando para Tapioca como se pedisse desculpas.

O rapaz baixou a vista e sentiu um nó na garganta. Foi até o armário e começou a pôr umas roupas numa mochila. A mesma mochilinha com que havia chegado.

23

Depois o carro se converteu num ponto metálico sobre o asfalto ainda molhado.

Não o viu o Reverendo, que ia dirigindo meio inclinado sobre o volante, o corpo dolorido por conta da surra, os olhinhos míopes sem óculos. As janelas abertas deixavam entrar o ar úmido, o barulho do vento e a velocidade ocupando o silêncio. Estava muito feliz, por mais que o sorriso se perdesse sob a dobra do lábio inchado. Bendito seja Jesus, o coração quase não lhe cabia no peito. Só tirou os olhos da estrada umas poucas vezes, para espiar o rapaz a seu lado, sério feito cachorro a bordo.

Não o viu Tapioca. Pôs a cabeça para fora da janela e viu como a casa e a velha bomba de gasolina ficavam cada vez mais diminutos, até desaparecerem por completo. Esperou, em vão, que o Gringo aparecesse no quadro, rodeado pelos cachorros, e levantasse o braço com a mão aberta, movendo-a de um lado para o outro, dando adeus. Não viu nem o patrão nem os cachorros, como se a casa onde terminara de se criar já fosse uma tapera.

Não o viu Leni, que mal entrou no carro e já foi se estirando no banco de trás, cobrindo os olhos com um dos braços. Não seria ela quem olharia pela janela de trás, como quando abandonaram a mãe, não seria ela quem veria tudo ficar pequeno ao longe. Fechou os olhos e pediu a Jesus que, se existisse, lançasse contra ela um raio fulminante. Dormiu esperando.

Não o viu o Baio, que deu um pulo para cima do catre de Tapioca e fez todos os rodopios que um cachorro faz antes de se deitar e dormir com o focinho entre as patas, soltando um estalo regular com a língua, como se estivesse mamando.

E não o viu o Gringo, que, depois de se deixar abraçar pelo enteado, deu-lhe dois tapas nas costas, apartou-o com firmeza e lhe deu um empurrãozinho, para que terminasse de sair. Tampouco foi ver quando foram embora. Ficava sozinho para o trabalho, as bebedeiras, para dar de comer aos cachorros e para morrer. Já era muito o que fazer dali em diante. Então precisava dormir um pouco, antes de começar.

SOBRE A AUTORA

Selva Almada nasceu em Villa Elisa, província de Entre Ríos, Argentina, em 1973. Iniciou seus estudos em comunicação na cidade de Paraná, mas logo se inclinou ao magistério, que deixou pela literatura. Atualmente, vive em Buenos Aires; coordena oficinas de escrita e codirige o ciclo de leituras Carne Argentina.

O vento que arrasa (2012), primeiro romance da autora, conquistou um surpreendente sucesso de público e crítica, sendo eleito o melhor livro de ficção do ano em seu país por um júri de intelectuais de diferentes áreas, em votação organizada pelo jornal *Clarín*.

Como bolsista do Fondo Nacional de las Artes, Selva realizou uma profunda pesquisa sobre o feminicídio adolescente, tema de seu livro de crônicas *Chicas muertas* (2014). Publicou também *Mal de muñecas* (2003, poesia), *Niños* (2005, contos), *Una chica de provincia* (2007, contos) e *Ladrilleros* (2013, romance).

Dados Internacionais de Catalogação na Publicação (CIP)

Almada, Selva [1973-]
O vento que arrasa: Selva Almada
Título original: *El viento que arrasa*
Tradução: Samuel Titan Jr.
São Paulo: Cosac Naify, 2015
128 pp.

ISBN 978-85-405-0803-3

1. Ficção – Literatura argentina I. Título

CDD – 868.9932

Índices para catálogo sistemático:
1. Ficção: Literatura argentina 868.9932

IMAGEM DE CAPA Mariana Serri, série *Talude*, 2010

COORDENAÇÃO EDITORIAL Livia Deorsola
REVISÃO Fábio Bonillo, Tomoe Moroizumi
PROJETO GRÁFICO Gabriela Castro
TRATAMENTO DE IMAGEM Wagner Fernandes
PRODUÇÃO GRÁFICA Aline Valli

Nesta edição, respeitou-se o novo Acordo Ortográfico da Língua Portuguesa.

COSAC NAIFY
rua General Jardim, 770, 2º andar
01223-010 São Paulo SP
cosacnaify.com.br [11] 3218 1444
atendimento ao professor [11] 3218 1473
professor@cosacnaify.com.br

FSC
www.fsc.org
MISTO
Papel produzido a partir de fontes responsáveis
FSC® C008008

A marca FSC® é a garantia de que a madeira utilizada na fabricação do papel deste livro provém de florestas que foram gerenciadas de maneira ambientalmente correta, socialmente justa e economicamente viável, além de outras fontes de origem controlada.

FONTES Andada, Heroic
PAPEL Pólen Bold 90 g/m²
IMPRESSÃO Loyola